梦·初心

黄惊涛

邓清月 编

SPM 南方传媒 | 花城出版社

中国·广州

图书在版编目（ＣＩＰ）数据

梦·初心 / 黄惊涛，邓清月编. -- 广州 ：花城出
版社，2024.4
ISBN 978-7-5749-0238-1

Ⅰ．①梦… Ⅱ．①黄… ②邓… Ⅲ．①散文集－中国
－当代②诗集－中国－当代 Ⅳ．①I217.1

中国国家版本馆CIP数据核字(2024)第073466号

出 版 人：张　懿
责任编辑：林佳莹
责任校对：汤　迪
技术编辑：凌春梅
封面设计：林　希
封面供图：深圳裕同包装

书　　名	梦·初心	
	MENG CHU XIN	
出版发行	花城出版社	
	（广州市环市东路水荫路 11 号）	
经　　销	全国新华书店	
印　　刷	佛山市浩文彩色印刷有限公司	
	（广东省佛山市南海区狮山科技工业园 A 区）	
开　　本	787 毫米 ×1092 毫米　16 开	
印　　张	12.75　1 插页	
字　　数	135,000 字	
版　　次	2024 年 4 月第 1 版　2024 年 4 月第 1 次印刷	
定　　价	59.00 元	

如发现印装质量问题，请直接与印刷厂联系调换。
购书热线：020-37604658　37602954
花城出版社网站：http://www.fcph.com.cn

留在我们记忆里的味道，不仅是年少时的食物，也是我们故乡的日月山川。

目录

散文

诗歌

散文

最初的过去

宋　尾

我是个靠幻想为生的人，但常常被回忆伏击。很多曾以为深刻的波澜、人事，就像退潮后留在海滩上的水渍，很快便消失了，反而，是那些毫不引人注意的平滑的沙砾，永久地储留下来，成为一面记忆的镜子，然后我可以看着我在其中出入。我沉迷于享受这种虚空。

对虚空的热爱是幼年就养成的。那时我并不知晓会走向一个更广阔的世界。我以为那条街就是世界本身。但正是它完成了对我的养育。确切地说，养育了我的虚空。

那是藏在城中心的一条背街，从二十世纪五十年代就矗立在那儿，两排房舍笔直延伸，灰瓦顶高高低低仿似朴素的梦境。街宽三四米，家家门口栽植小树，只有巷口那棵槐树，高大威仪，无可争议。四月，往往一场雨后，就像一种时间的馈赠——槐花骤然结满枝头，沉甸甸犹如白色的孕妇，异香流泻。

我家门前站着一排低矮的万年青，腼腆谨慎，挨着一丛寂静的栀子树。那是我每晨蹲着刷牙的地方，然而初冬时它们会忽然热烈起来，那甜丝丝的清香会从窗棂钻进我的梦里。在那年代，栀子花就是季节的信息，从不讲究的母亲，也喜欢在鬓旁斜插一朵栀子。我知道有许多花既馥郁又端庄，但我只爱它，爱它俗气的美和香，爱它平易里的神秘，那种爱就像一个闹钟，在既定时刻将你唤醒。我一直认为，栀子花是穷人的香，它即是我们的故乡。

但那时我并不爱自己的家。我嫌恶家的味道：门口右侧是一个硕大的鸡笼，哪怕笼里几年没有一只鸡，它也一直卡在那儿，散发浓重的鸡屎味。别人家，很多已铺了水泥，我的家进去就是一股陈年的涩味和阴郁。其实土夯地面也没关系，关键它不平整，一坨一坨，黑疙瘩。屋子几乎所有地方都没空着，堆满杂物。人家院子栽植花草，我家的除杂草和无人打理的仙人掌，全是剩余木料，砖块，破碗，废轮毂，瓦罐，玻璃瓶和一个巨大的褐色水缸。我祖母很固执，她认为东西只要存着总会有用的。我偷偷拎一袋废物扔出去作为抗议，第二天，它们就像长了腿似的，自己回来了。至少在初中以前，我从不邀请朋友来家。事实上，在整个童年我只拥有过一个朋友，那条街上只有他对我友善，还送我一个自制乒乓球拍。但很快他就迁居汉口，得知他离开的消息那刻，我哭了，心里就像有个抽水机一样要把我抽空。

我们那条街上孩子很多，可是几乎没人找我一起玩。漫长的童年里，我总是看着他们玩耍，或远远看他们摆弄新的玩具。我没有玩具，从来没有。曾经我最想拥有一副积木，但我没有，我学会了把自己当成积木。我的玩具是我自己。很多时候我坐在门槛上，什么也不干，就只是坐在那儿发呆，看着懒洋洋的阳光，心和思绪慢慢飘浮，然后它们可以去任何可能的地方。我总有一种很空洞的感觉，就像在一个洞里滑行，那时我不知道这就是虚空。我祖父不喜欢我这样。他是一个退休码头搬运工，他常摇头说，这伢儿以后不会成器。

我们那条街背后是一所中学，它给了我不同寻常的满足。我注意到围墙边的垃圾堆，是看见有人从那里翻找并带走一些东西。确确实实，那是一座宝藏。废弃的纸、本子、书和笔，它们很多是可以再利用的。我怀着一种偷窃者的幸福和可怜的自尊相交织的心情，在垃圾堆里翻找，就像翻找自己的身体一样。没写完的练习本，橡皮头，铅笔，没有封皮的书，甚至还有钱——一共十七块钱，放在一个脱漆的铁文具盒里。

我还捡到一条狗，它的眼瞎了一只。不知为什么它一直跟着我，或许是我希望它跟着我。毕竟，我太需要玩伴了。它跟我回了家，但身上浓烈的腥味使我难以与它亲近。而我因为它，在街上遭受了无尽嘲笑，脆弱的心因而更加破损。独眼狗——这就是它的名字。我想怜悯它，又不敢靠近它，我也嫌恶它老是紧紧跟着我。它在街上没有存在太久，却遭受了太多轻视、棒打、逗耍、驱赶。那年冬天我放学回来，发现它被祖父和父亲合力打死了，倒吊在后院。他们解释说，要是把它平放在地上它就会复活。那晚我偷偷去看它，它倒悬在院子里，蓝幽幽的月光下，影子格外凄长。回到床上，我为它祈祷，那时我完全不晓得人世之艰难，在心里对它说：别恨我，来生托人身吧。

那时我最喜欢夏天。因为可以不用听父亲醉后的嘶吼，也可以忘记这个酒鬼的暴怒以及碗碟碎裂的声响。因为，我会睡在户外。

黄昏后，大人们次第提着水桶出来，桶里荡着木瓢，将水一遍遍浇向门口，热气哗地升腾起来，夹杂着呛鼻的尘烟。入夜后，男人们将竹床擎在后肩，从堂屋挪移出来，妇女们执湿帕子将竹床一顿揉搓。老人们三三两两，摇着蒲扇，坐在靠椅和小凳上；随后是孩子们——比如我，穿个裤衩，顶着湿漉漉的头发，竭力躲避母亲手里难闻的痱子粉。竹床将一条街连贯起来，我们就像躺在船上，而船在一条河流之上。这时男人开始摆龙门阵，有的嗓门大，炮仗连天，有的坐在暗处，只有唇间烟头明灭；妇女们有的还在屋内忙碌，有的则在竹床旁燃香熏虫。我是如此喜欢这种时刻，因为，故事就要开始了。

街上总有那么些人，将一件平平淡淡的事讲得惊心动魄。每个夜晚都有新的故事。我最早的文学教育便来自这样的夏夜，远眺无边无际的星穹，竖起耳朵偷听。我们家唯一会讲故事的人是祖母。她给我讲的唯一一个故事是道谜题：两弟兄，并倒睡，一个亮肚子一个亮背。你猜是什么？

到九十年代初，我上初中了，石灰坑突兀地出现在街上，越挖越多。邻居们纷纷拆老屋，改建新楼。我被强烈感染着。我无数次抱怨、央求，渴望自己家也能变个模样，干干净净，亮亮堂堂。一天，我放学回来，惊愕地看见，我家的瓦被掀了一半，像个宽鼻孔兽，豁着大嘴，一些光亮从嘴里面拥挤出来，笔直升入天空。我的瞳孔里除了震惊，更多是难以言喻的兴奋。

我亢奋地喊朋友们来帮忙，谭义和李亚雄，后来严志红也来了。我买了一条没过滤嘴的常德烟，夹在胳肢窝下，给见着的每个人散发。谭义说，隔壁花鼓剧团下面挖出了不少坛坛罐罐，全是金银古钱。他拿一把铁锹挖了一米多深，只刨出几枚土瓷碎片。李亚雄瘦得像黑猴，递几片砖就要歇下来抽烟。我舅舅说，谭义最勤快，亚雄这家伙最懒。他看着远远蹲着抽烟的严志红，一句不说，只摇了摇头。新旧交替其实不难，几个月后，新房终于艰难地竖立在原先的地面上，只建了一层，没挂灰，地没平，总之新房子远不像想象那样，它同样让我难堪，甚至比没建更难堪。因为没钱，它这样停滞了四五年，连扇完整窗户都没有。

然而，事物在被我们移除后便无法再回来，哪怕是为我长久憎恶的。如今我怀念的反而是那间被替换的不复存在的老屋，老屋里被我嫌弃的许多细节。这说明世间让我们失望的期待是如何之多。但是，从未被我期待过的另一些东西，不知不觉在那儿已经产生了。

我常常想，如果没有遭受过那种独孤和贫厄，没有那种对虚空的迷恋，我不大可能在以后成为一个诗人。我也不会被别人的生命所攫住、吸引，然后从故事里走向他人。有位朋友评论我的小说：过去从未过去，它甚至还没有开始。太对了。是过去和现在合而成我，但也是过去使我成为现在的我。最初的过去。

此刻我站在数十年外回首的时候，那种命运感便从记忆里绷紧了它的绳索。比如谭义、亚雄和严志红，从他们第一次吸毒开始就注定了结局，想到这些消失在时间里的老朋友时，记忆中的瓦房便慢慢从老街的黑暗中伸直腰躯——那儿存储着生命中最不可言说的味道：潮湿、神秘、叵测、轮回、永恒。

青林的距离

熊生庆

九岁那年，父亲带我去县城参加表叔婚礼。印象中那是我第一次进城。

母亲反复叮嘱，要紧跟父亲以免走丢，见人要主动打招呼，不能弄脏衣服，等等。这一来，我就有了怯意，心里想：规矩怎么这么多？

出发那天早晨，父亲早早把我叫醒，带我到公路边等车。和我们一起等车的还有几个邻居，他们要去邻镇的乡场赶集。路是土路，连碎石也没铺。天下着雨，到处都是泥水。那时故乡青林到县城每天只有一班车，进城需要两个半小时。

刺耳的喇叭声响起，白绿相间的中巴车快速向我们驶来。上车，找靠窗位置坐下，驾驶员突然一声猛喝：搞快点，不坐滚下去。说的是几个邻居，他们带着旱烟、黄豆等土产品，要拿去乡场上卖，折腾了好半天才搬上来。

因为这声呵斥，车厢里异常安静。走不多远，车厢很快挤满。再遇到招手的人，司机猛踩油门，得意扬扬地奔过去。我开始晕车，到中途，实在憋不住，吐了出来。司机凶巴巴地喊：吐车里要赔钱。

进城后的细节，我基本忘了，只记得城市的天空是灰色的，被高楼切割成不规则的板块。

从那天起，我有了远大的梦想：当中巴车司机。

对少年的我来说，中巴车不仅是抵达城市的媒介，还是权力的象征。

十三岁，我得了种怪病：皮下组织流血。

父亲带我进城看病。那时公路已经铺上碎石，平整了许多，车程缩短至一个半小时，每天往来的中巴车增加到三趟。中途，我开始呕吐。这次吐得很严重，到城里，我腹中空空，绞痛不已。

亲戚带我们去一家皮肤医院，接诊的女医生简单查看后，问了我一个问题：你是不是不怎么洗澡？我的脸刷的一下红了，倒不是因为真不洗澡，而是听出了那句话背后的含义，捕捉到了医生眼里闪过的嫌恶。我一个字答不上来，恨不得找个地缝钻进去。父亲替我回答了，他不卑不亢地说：不是。

事后很长时间，我都为这事愤怒。为自己当时的表现，包括父亲的回答。十八九岁，我觉得当时最该说：去你妈的。然后摔门而去。二十三四岁，我觉得应该以嘲讽的语气说：我是来看病的，遇到你，只能洗个澡啦。如今，我终于明白，父亲说的是最好的答案。理解那两个字，我用了十五年。

第二天，父亲带我去市医。由于胃部绞痛未消，检查项目增加了胃镜。将小指粗细的管子插入胃里，反复伸缩搅动，大概持续了四十分钟。强烈的疼痛、肿胀以及随之而来的呕吐和受刑没任何区别。我哭了。

住上院，由于要照管地里的庄稼，父亲先回家了。没有手机，也没电视可看，我靠武侠小说打发时间，住院部一楼就可以租到。我偷偷买了把匕首藏在枕头下，晚上睡觉时，摸到锋利冰凉的匕首，会获得莫名的安全感。那把匕首没两天就给换床护士收走了。当时我对自己说：从现在开始，你得赤手空拳面对这个世界了。

当中巴车司机的想法逐渐淡去。来到城市我才发现，就算当上了中巴车司机，也没办法解决自己的问题。

出院第三天，又出现了血斑。天蒙蒙亮，父亲找来台面包车，再次送我去医院。感谢疾病，那是我漫长的少年时代，唯一一次享受专车待遇。

下午，检查结果出来了。医生把父亲叫到诊疗室里，将我留在走廊上。一种不好的预感在我心里滋生。父亲出来后，一下软在长椅上。那是我第一次见父亲流泪，也是唯一一次。

后来父亲几次重伤，其中一次被斧头砍开了脖子，差点伤到动脉，口子足有一指长。缝针时医生告诉他，离大脑太近，最好别打麻药。整整十二针，父亲汗流如注，但他没哼一声，没流一滴泪。还有一次，被疯狗咬伤，全身十几处伤口，险些丢了命。清醒后他说：狗日的，碰到条会武功的狗，鬼门关上走了一回。

这次我们要去的地方是贵阳。那是个周五，挂上号后，怀着对大城市的恐惧，我们在一个小旅社里足不出户待了两天三夜。

父亲说：你知道医生跟我说什么了吗？

其实我早猜到了，但还是问他：说什么了？

父亲压低声音说：你这病，可能治不好。

我没说话。过了会儿，父亲又说：你怕不怕？

不怕。我说。

我尽可能保持冷静，不让恐惧乘虚而入。然而慌乱无可抗拒，我似乎看到了另一个世界的样子，那也许是唯一能领受的人生了。我自私而又悲哀地想：他妈的，我还没长成一个男人啊。

省医的检查结果出人意料，说静养两月就好了。回到家，母亲痛哭：儿啊，妈以为你活不成了。

十六岁，我考上高中，一个晴朗的早晨，在母亲的目送下独自离开了故乡。

那时候，我们家已经搬离破旧的瓦屋，在公路边建了三间平房。柏油路修进青林，路旁甚至还种上了景观树，进城的时间缩短至一小时。乡镇府就在我们家新房旁边，那两年间，先后翻新了政府办公楼，新修了派出所和供电站，稍晚一些，又新修了卫生院。

中考前夕，父亲说：能考上，砸锅卖铁供你读书；考不上，资助你十五块钱买背篼，去城里背背篼吧。后半句当然是玩笑，但对当时的我来说，要么读书，要么打工，没有别的选择。

中巴车行驶在宽阔的沥青路上，车窗外熟悉的风景迅速后退。新的生活开始了。我知道，没有退路，只能前行。

十九岁，我考上了大学。

那个漫长的假期，我终日游荡在故乡的树林和野地间，于清晨登上绿林坡看日出，傍晚守在老虎山上目睹盛大的落日缓缓西沉，直到天空完全变暗。如今想来，那是段多么美好的时光啊。故乡的日出日落、山川溪流、森林野地，深深印在我脑海里，成为那个夏天最难忘怀的记忆。

拿到录取通知书那天，母亲做了桌好菜。父亲拿出两只酒杯，倒满，递了一杯给我。是本地苞谷烧，辛辣、劲足。两杯下肚，我逐渐确信，那才是男人的饮料。夜渐深，妹妹拿出她提前准备好的烟花，放了起来。她说了句特别肉麻的话：哥，今晚所有的烟花都为你绽放。黑夜无边无际，烟花很快熄灭了。但那短暂的火光，照亮了我前行的路，温暖我，直到今天。

不久，我背上行囊，又一次独自踏上远行之路。出发那天，故乡的风是甜的。

毕业回县城工作两年后，我买了车。

提车那天，父亲非要我把车开回老家不可。那条路几经修缮，变得越来越直、越来越宽。车停稳，他从屋里拿出鞭炮，放了起来。我问父亲：你是不是想告诉村里的人，咱们家买车了？父亲不说话。我接着说：这年头车不稀奇，再说又不是什么好车，有必要吗？父亲还是不说话。母亲接过话头：其实我们并不想让别人知道。顿了顿，她又说：你在城里还没有家，得开回家放两挂鞭炮，图个吉利，以后上路平安。说着，母亲递给我一个红包，她说：这是平安钱。

我羞愧不已。那时我才真正意识到，有些东西其实和知识无关、和读书多少无关，和我们做多少事、有多大成就无关。

吃饭时，母亲说：有车以后回家就方便了，常回来看看。

那天我已经试过，自己开车，从县城到老家只需要四十分钟。我说：妈，以后我每个周末都回。母亲笑了。然而那次离开故乡以后，因生活和工作上的变化，我回家的次数越来越少。后来调到省城工作，就更少了。

今年五一，回县城办完事，我和妹夫连夜驱车回家。下高速，我们走刚修的旅游大道，来到新街上，我竟然转晕了头，找不到回家的路。妹夫笑说：你离开太久，连回家的路都忘了。最后是导航把我带到了村口。

那晚，我迟迟未能入睡。这些年，爷爷奶奶先后故去，两个妹妹也在我之后离开了家。故乡与城市的距离在不断缩短，我们与故乡的距离却越拉越长。多少岁月、多少悲欢、多少聚散，在无声中湮灭。面对崭新的故乡，我的心绪陈旧如斯。我给妹夫发信息：无论离开多久，只要有老家在，世界上的每一条路都通往故乡。

第二天醒来，我才发现手机没电了，消息没发出去。直到今天，那条信息依然保存在我手机里。

吃食的味道

苏　北

童年的吃食是用来回忆的。

母亲在乡村算得上是大厨，我六七岁的时候，在一个叫余庄的生产队生活，随着母亲到邻里家蹭吃，是我的主要任务，乡下话叫"扛火叉"。因我母亲经常到村里人家"上锅"（做菜）。那时我家是一个独院子。庄后是一个大的竹园，竹园外有一道沟渠，沟渠连着右手边的一口大塘，塘里植满了紫红的菱角。母亲平日就在这口大塘里洗、刷，在屋横头的厨房里烧、煮。正洗刷时，有人来请：

"胡大姐在家吗？想请你上个锅……"

于是定下某天某日，家里有甚喜事。我在屋里听到，立即"噢噢"地叫起来，又可以跟着母亲"扛火叉"去了。

有一年徐有余结婚。徐有余是村里的一个大光棍，二十八九岁了，还没有娶到媳妇。主要原因是穷。有一年，终于有个放鸭的女子来到我们庄，经别人撮合，竟成了，只是那个女的年龄更大些。母亲义务去帮忙，这样的大喜事，理应出力的。那天吃酒的人真多，都随了份子的。有十几桌，流水席，一轮四桌，放在徐有余家的院子里。

院子里点着汽灯，噗噗地响。人们划拳行令，小孩子乱跑，狗也乱跑。大人们一会儿呵斥着狗，一会儿呵斥着小孩。我玩到半途，突然饿了起来，便偷偷地溜到了锅后面，拽着母亲的衣角。妈妈特别小心，偷偷用小碗盛了半碗饭，却在碗底藏了两块大肉。我坐在锅塘后的草窝里，狼吞虎咽，一会儿便把半碗饭和那两块流油的大肉给吃完了。那是刚刚杀的猪，肉香得很。其实那样的红烧肉并不全是母亲的手艺多么高超，而是本来就是那样，怎么烧都是好吃的啊！

除了跟着母亲外面找吃，第二个去处，就是在父母的房间找。那时父母睡西头房。房里很简单，就一张床，靠南边窗边，还有一张桌子。再就是几只箱子。令我感兴趣的是靠床边的一个床头柜。母亲整天把它锁着，好像有什么秘密。有时母亲不在家，我就去研究那个柜子。先是到处找钥匙，竟不能得。于是又蹲下来研究锁，用手反复去摇，终于有一天，铰链给我摇松了，我轻轻一拽，铰链便被拽开。拉开一看，里面是几包桂圆和蜜枣，还有就是父母的结婚证、户口本什么的。结婚证、户口本我不感兴趣。我感兴趣的就是吃，于是便从桂圆的塑料袋上找缺口，看到一处快裂的地方，就用手轻轻去撕。将口子撕大，再挤出一个。这样挤来挤去，口子越挤越大。就这样我偷偷摸摸，偷吃了不少桂圆和蜜枣。

有一年，父亲到皖南出了一趟差，回来带回一个蒲包。我不知道是什么东西。父亲便把它塞到床底下去了。父母上班去，我就把它拖出来，从蒲包缝里抠出一个。见是一种圆圆的丑东西，硬得很，表面疙里疙瘩。我们高邮湖边水乡的孩子，从来没见过这种滚圆的硬疙瘩。我揣了两个，带到了学校。上课时偷偷掏给同学看，同学摇摇头，也不认识。有一个同学，自作聪明，竟说是毛栗子。我忍不住好奇心，先用牙去咬，可是太硬了，根本咬不动，于是用砖头砸。砸开了，见里面曲里拐弯有些果仁，掰开一块，尝了一点点。啊！还挺好吃。从此便经常砸开了吃。直至有一天，一个南方转来的同学才告诉我：这个东西叫核桃。于是，我便每天上学带两个，有时中午上学，正是我爸午睡的时候，我要轻轻趴下来，慢慢爬，爬到床肚里，去抠。真是紧张极了！直到吃到暑假。我爸想起来这袋核桃，大概是准备送人。等他从床肚里拖出来。蒲包倒是鼓鼓的，可轻飘飘的。父亲一下就跳了起来。一看，里面竟只剩几个了。我爸看了我一眼，立即拿个棍子要打，我跑得好远。我爸气得要死，妈妈则摇摇头，又好气又好笑。

我的记忆中另一种吃食就是包子。到县城之后，包子要到专门的地方去蒸，母亲还要洗刷蒸煮，于是端着馅子去排队的任务便落在我头上。这可不是一个轻松的事，要用极大的耐性在那里等。因为蒸一家的时间并不短，春节前的那几天，饭店是通宵蒸的。运气好的上半夜能出来；运气差的，下半夜一两点是正常的。我从下午开始，便在那热腾腾的雾气中等待，人们忙碌着，那一笼笼暄软的热包子，倒在一个过渡的平铺着的红草帘子上凉着。我一会儿便要看看自己家装馅子的脸盆，蒸完了一家便将自己的脸盆往前挪一下，以免别人插了队。

快到晚上九十点，终于到我家的了。第一笼出来，倒在帘子上。

那一刻我感到自己十分富有。吃是可以随便吃了，要拣那皮子透明的，渗出了油的热的吃。我妈妈是很会做菜的，因此包子的馅子也是十分好的：有肉馅儿和豆沙馅儿两种。味道也调得比别人家的好。我吃了两个热热的肉馅儿的，便停下不动；等好几笼之后，豆沙的出来，静下心来享受那流了满嘴的香喷喷滋味。那种赤红色的豆泥，糯极了，香极了，甜极了。我的喜悦，真想围着街道一颠一颠跑两圈，之后猛摇自己想象中的尾巴。我想，对于童年，没有什么能比吃更能给一个孩子留下美好的记忆了。

这一顿自由的吃之后，拎回家的包子吃起来便没有那么自由了。包子回了家便藏在了母亲卧室床的蚊帐后边。一顿吃多少，都得由母亲做主。因为母亲要计算着去吃。这一百多个包子是要吃到正月十五的，还要待客，点了红点的甜馅儿的相对要少一些，因此还要扣着吃。

厨房里飘出烀咸货的气味。咸鸡，咸鸭，猪头，猪尾巴，排骨豆子。热气飘出厨房，弥漫在院子里。院子里的蜡梅花开了；在一角，还种了许多乌菜，它们青油油的。热气混合了蜡梅的气味，压向院子铺着方砖的地面。我个子还矮，便在这热气中奔跑，仿佛在贴着地面飞翔。那是些典型的节日气味，一年才真正有一次。咸货烀好了，母亲放在一个垫了乌菜的大篾篮子里。我开始围着篾篮转，趁娘不留神，拈排骨豆子里的排骨吃，撕咸鸡的脯肉，咬一截猪尾巴。打是少不了挨的，因为自己也有不留神的时候。因为吃挨打，对孩子来讲，再正常不过了。打，也是一种气氛。这也是过年的一部分。训斥孩子，大人毕竟最像大人了。

长大以后，我到外面工作，离父母越来越远，每年节假日回老家看望父母，成了不变的主题。每次回到县里，停好车，都要穿过一个巷子回家，特别是端午前后，总是在一片废弃的围墙边见到一丛一丛的扁豆。它们爬满围墙，开了许多花——我曾经写过，紫色的扁豆花像一只只紫蝴蝶，它们会从那一堆繁绿浓密的叶子上飞走吗？——回到家里，叫一声父母：爸，妈。中午吃饭时，往往会吃到母亲的烧扁豆，因为那时正是吃扁豆的时候。

今年端午我回去，那一丛扁豆不知怎么给铲了，那一片墙头再也见不到那紫色的蝴蝶般的花了。我回到家，叫了一声"妈"，我的父亲，在上一个秋天走了。

出山记

欧阳国

一

我们仨正在攀爬一条黄白色的马路。午后的山路异常寂静，天空的白云落在远处的树林中，荫翳处就像是大山里一个黑色的洞穴，从周围明媚的阳光中塌陷下来。我抬头仰望大山，连绵起伏的山峰宛如一条曼妙的飞龙，在天空中自由舞动。这座叫作凹背龙的山，是我们村庄通向外界的必经之路。

太阳就在我们头顶，三个渺小的影子正在马路上移动，我们仨并排的头影争先恐后往前冲。脚下的黄泥路被太阳烤得泛白，泥土蓬松，一脚踹下去鞋子满是灰尘。上升的马路就像是一条流向天空的河流，悠长的河面闪闪发亮，仿若一面镜子照得人头发晕。

和繁茂的树林相比，马路两旁的小草显得毫无生机，它们被炎热的太阳折磨得奄奄一息，全身布满灰尘，就像穿上了一件灰色的衣裳。路旁躺着一块块黝黑的石头，它们晒得全身发烫。我们仨走累了，一屁股坐下去就像是被老虎咬了似的，不约而同连忙站了起来。

山涧的泉水叮叮咚咚流淌，让死一般沉静的午后有了一丝生命的迹象。我们仨双手捧起清凉的泉水，一饮而尽，犹如一股柔和的春风穿过体内，全身变得无比轻松而通透。

一辆卡车打破了死一般宁静的午后。它从山底缓慢朝我们开来，发出扑通扑通的响声，像发生地震一样，将整个山林震动得摇摇晃晃。卡车吐出一串白色的尾气，就像打开的干粉灭火器向外喷洒烟雾，它驶过的马路被一片浓烟笼罩。卡车离我们越来越近，像一个年迈的老人，累得气喘吁吁，全身折腾得快要散架了。卡车的后斗厢堆满高高的杉木，它们整齐地垒在一起，高过了车头。杉木随着卡车的摆动而摆动，感觉随时都会掉下来。我们仨看着卡车从身边经过，一窝蜂地朝它追去，尘土和烟雾将我们的身体淹没，微小的沙粒飞进了我们的嘴巴。我们看不见远去的卡车，眼前的世界变得一片浑浊。

我们仨拼命追着卡车，不知不觉就到了凹背龙的山顶。一条数米宽的马路从山顶劈开，两侧是高高的悬崖峭壁。一道刺眼的光芒从前方射来，我们经过这一段马路，仿若在跨越一扇门，走向外面丰富多彩的世界。

我们站在山顶俯视，看见乡镇街道就像一座巨大的水井，四周被群山包围着。一排排房屋就像一块块伤疤，印刻在葱绿的大地上。一条河流穿过乡镇街道，它的颜色和清澈的天空如出一辙，将两旁白色的伤疤缝合在了一起。

二

　　静谧的富川河在枫边中学东边悄无声息地流淌，对面是乡镇的街道，一排悠长的房屋沿街而建，阳台上晒着五颜六色的衣服在风中飘扬。每家每户都习惯将垃圾倒在河边，它们和晾晒的衣服构成了沿河最惹眼的景象。

　　每天清晨，我们在广播声中苏醒，楼下的体育老师不停地吹着哨子。我们迅速在操场上集合，依次排开整齐的队伍，跟着广播的节奏开始做第八套广播体操。做完操，体育老师带着我们绕着操场跑步，几圈下来我们都累得气喘吁吁，心脏就像一只兔子扑通扑通地跳。晨练终于结束了，我们拿着牙刷、牙膏和毛巾从宿舍朝富川河走去，蹲在河岸刷牙洗脸。我们踩在岸边的石头上，像水牛喝水一样，低头将嘴巴伸向河流。这时候，我们近距离看见了清澈的河底，有无数颗粒的沙子，有大大小小的裸石，还有水中飞舞的白色垃圾。一边刷牙，白色的泡沫一边从嘴巴流出，它们掉落在碧绿的河流中，随着河水往前流动，很快就消失了。我们除了早晨在富川河刷牙洗脸，一日三餐还在河里清洗饭盒。这是一个方形的铝质饭盒，上面雕刻着主人的名字，它是我们煮饭的容器，也是就餐的饭碗。我们将吃得精光的饭盒浸在河水中，一层晶莹的油珠漂在水面，与河水一同流向远方。有时候，我们会淘起河底的一把沙子，洗净饭盒的油渍，将饭盒擦拭得闪闪发亮，然后舀起一瓢河水，一饮而尽。

校园生长着一排排高大的枫树，每到秋冬时节，满地都是枯黄的树叶。黄昏时分，我们手持扫把在校园打扫卫生，地上的叶子似乎永远扫不干净。

夜色无比浓稠，犹如水一般淹没校园，操场的灯光照进宿舍，此起彼伏的呼噜声将夜晚变得透明。滚烫的夜风从富川河吹来，泛起校园的一片片叶子，响声犹如潮水一般涌向宿舍。我瘦小的身体犹如潮水之上的一叶扁舟，在跌宕起伏的浪潮中不停地翻转，被折磨得天旋地转，头痛欲裂。夜色滚烫，我的身体却冰冷如水。清晨醒来，我摸了摸自己的额头，感觉就像热铁一样烫手。

一场秋雨过后，校园满地都是枫叶，它们紧紧地贴着湿滑的地面，由轻盈变得沉重，任来来往往的人踩踏。堂哥和表哥离开了校园，因为没有考上重点高中，跟着外出务工的队伍去了遥远的地方。我坐在教室里，每天望着窗外的富川河发呆，感觉偌大的校园空荡荡的，体味到成长的日子无比漫长。随着年级的升高，我们不停地更换教室。最后，大家都纷纷离开了校园。学生一茬接一茬更换，校园的枫树却永远丝毫不动。东边的富川河，它一直不舍昼夜地静静流淌。

三

午后的阳光落在攀爬的马路上，变成了一条蜿蜒的水泥路，就像一条长蛇纠缠于山间。在金色的阳光照耀下，凹背龙的山路就像河流一般在流动，我坐的摩托车犹如一艘船，在翻越绵延起伏的波浪。我顺着山间这条河流，离开了村庄。微风从前方吹来，我的影子倒映在波光粼粼的水面，它跟随着摩托车在跌宕起伏中前进。

我的影子跨过高高的山顶，摩托车开始熄火了，它就像滑板一样走下坡路，奔向广阔的平地。我望着前方绿油油的田野，它根本看不到尽头，仿若一张没有边际的巨大的绿地毯覆盖大地。纤细的富川河变得粗壮，像一个苗条少女变成发福的中年妇女，河水不再矜持，而是肆意奔放地流淌着。

富川河变成了潋江。十六岁的我站在滔滔的潋江之畔，黑夜就像河水一般将我淹没，孤寂的少年时光在黑色的潋江静静流淌。那一年，我如愿考上县重点高中，命运之河滚滚向前，像一条静谧的乡间小河流向宽广的江。我像一只蚂蚁行走在校园，显得无比的卑微和渺小，又像是一叶扁舟漂荡在汪洋大海，内心空荡荡的。三年之后，我顺利考上大学。我眺望潋江，原本滔滔不绝的潋江水变得异常平静，自由地向前流淌着，两岸的庄稼随风飘荡，肆意生长。

我站在潋江河岸，阳光犹如流水一般淹没我的身体，我瞬间感觉自己变成了一条游荡在潋江的鱼，游向更加宽广的江河。和我一样，越来越多的人跨越凹背龙离开了村庄，要么去他乡务工，要么是外出求学。

时隔二十年，我回到枫边中学参加捐赠助学颁发仪式。我又站在富川河岸上，它是多么熟悉，又是多么陌生。河流两岸建起了高高的河堤，由一块块石头堆积而成，就像一道不可逾越的封锁线，阻碍了我走向富川河的脚步。我站在岸上，眺望静静流淌的河水。我无法亲近它，就像我无法回到二十年前的时光。火辣的阳光照射金色的富川河，平静的河面犹如一面闪闪发亮的镜子，照映着我的过往，也照映着所有从这里出发的莘莘学子的过往。我多么想跃进清澈的富川河，寻找到自己的过去。

富川河依然矜持地向前流淌着，它平静的水面似乎在诉说着无言的故事，河底的石块在岁月的流淌中变得黝黑，而随水而来的沙粒无比崭新。河岸的房屋变得破烂不堪，依旧不变的是那些晾晒着五颜六色的衣服，它们和二十年前一样在随风飘扬，似乎从来没有变化过。富川河滋养着我们，我们就像鱼似的，从这里出发，顺流而下，踏上漫漫求学之路。

命运之河从来都不会风平浪静，纤细的富川河流向茫茫大海，我们更像汪洋中的一条船，在浩瀚的大海中漂泊前行。我们都曾把自己想象成灵活的鲤鱼，可惜点额不成龙，无奈只能做平凡的小鱼虾米，生活的巨浪常常将我们拍打在岸上，让我们遍体鳞伤，我们越挫越勇，脱胎换骨，身体盛开出绚丽的花朵。

我拾起一块小石头，用力扔向富川河，碧绿的水面激荡出一片片涟漪，在金色的阳光下闪烁……

新疆味道

赵　勤

离开新疆时，我希望摆脱一种偏见，一种来自出生带来的局限和偏见。我当时一直希望在更大范围的南方生活中找到的，就是见识上的广度和深度。

那时候我渴望远离我出生长大的地方，那里泛滥的人情、道德的评价，我以为换个环境，我能接着读书，写点什么。为此我毫不犹豫地移居到了岭南，然而，南方的燠热像是酷刑，考验着我松脆的北方体质。那些黏腻的湿气，潮乎乎地附在身上，洗也洗不掉，刚冲完凉，还没有走出卫生间，身上又是一层汗。

在南方漫长的夏季，我昏睡，我想念新疆的干爽，想念新疆的烤肉和馕，我整日无所事事地闲逛，既不想返回新疆，也没有开始新生活的勇气。有时候晚上睡不着觉，我想着可能就这样了。我是废了，完全废了。我觉得自己被连根拔起，在南方的气候里，食物里，都是水土不服。这真是我最颓废的一段日子。

一个睡不着的雨夜里，我一遍遍地看一个哈萨克族青年骑在一匹马上，在深秋金黄的白桦林边上，奔跑过一个小山坡的小视频。我想起了北方的天空下，我想起了哈萨克族人毡房里的奶茶，我想起那些刚烤制出还烫手的馕。这样想着，我行动起来，打开电脑，搜索京东，搜索馕，搜索新疆牛奶，搜索伏茶，然后下单，写地址，付钱。做完这些，我安心地睡去，好像未来有了什么保障。

东西寄来之前，我惶惶不可终日，好像新郎等待新娘。伏茶和花园牌牛奶寄到的那天，我在厨房里忙了半天，洗茶壶，烧水，煮茶叶，煮牛奶，然后把它们放在一个容器里，再放一点盐，搅拌一下，我的奶茶煮好了。没有酥油，没有奶皮子，因为我把牛奶放多了，奶茶颜色有点发白，口味和我在新疆哈萨克族毡房里喝到的也不太一样，尽管如此，我已经幸福得快要流下眼泪，想着自己怎么这么蠢呢，为什么没有早一点想到可以这样自己做奶茶呢？

然后馕来了，我吃馕。馕有一种麦子、面粉的香，有嚼劲，越嚼越香，满口生津。喝一口热热的奶茶，随着奶茶和馕落下肚，我感觉踏实了，笃定了五脏六腑不再怵怵惶惶，都妥帖归位了，甚至还有了点幸福的感觉。生活好像又有了动力，又有了冲劲，我感觉自己也可以有其他的可能性了。

这些跋山涉水而来的新疆食物，是要珍惜着享用的，一天中的下午茶时间，我会奖励一下干完活的自己。

南方的朋友不理解我的古怪行为，她带我去喝早茶，去吃甜品，去吃海鲜。我给她讲，小时候我家住在连队上，深秋的时候，农民就开始挖菜窖，就是在地上挖一个深坑，上面留一个口，其余部分用树枝、草蒙上，再在上面盖一些土，然后把买来的土豆、大白菜、萝卜放进去，这样冬天一家人就有菜吃了，这叫囤菜。在岭南的樟木头小镇，我像个农民囤冬菜一样囤了伏茶，囤了牛奶，囤了馕，我的冰箱里满满当当放着这些来自新疆的食物，然后我的心情就没有那么抑郁了。我觉着我又可以过个像样的日子了。

她不解。难道你吃着南方的美食，没有觉着在过着像样的日子？她问。

没觉着。虽然也是美食，也是过日子，可是日子和日子还是不一样。我宁愿每天都能吃上馕和奶茶，也不想每天去喝早茶。我说。

你的奶茶居然是咸的，还有馕，那不就是种面饼子吗？干干的，那能好吃吗？你真古怪。

我的馕就相当于你的肠粉，我的奶茶，就相当于你的早茶。我接着说，一个成年人无论他走多远，吃过多少新奇的东西，大多很难忘记过去生活中食物的味道，总有一天，你会想到那些过去日日吃着的普通食物，你想念它们，抓心挠肺地想念。

好吧，虽然还是不太理解。也许我和你一样有了迁移的经历，才会理解你的古怪。她说。

如今我在樟木头镇这个岭南小镇断断续续也生活了近十年，作为一个在新疆出生长大的新莞人，我定居樟木头时间不长，是在樟木头镇的居住给我打开了一扇通往岭南的窗。我在这里感受客家文化，观看麒麟舞，每年的十月中旬以后，新疆已经树叶凋落，万物肃杀，冷空气入侵就开始下雪了，而樟木头还是草木葳蕤、一派欣欣向荣的景象，异木棉开着一树粉红色的花，三角梅藤蔓铺张着，密密匝匝红色的花朵比叶子还多，而乌鲁木齐此刻应该是漫天白雪，仅是气候的这种巨大的南北差异就叫人惊叹。

在这里我写下的小说和散文都带着一些温润的湿气和细腻，那是以前在北方生活时笔下没有的，如今回望北方的出生地也会有更深入的思考。可以说是岭南樟木头的物候、天气、风土人情从根本上动摇了我，改造了我，改变了我，包括作为个体的我和作为作家的我。然而，我的冰箱里还是常年囤着伏茶、酥油和牛奶这些来自新疆的食物。我固执地为自己保留了一个私密的新疆味道。

现在想来那种饱腹的满足，不只是生理的，同时也是精神的，可以说那一段时间，是下午茶时间，吃到正宗的来自新疆的馕和奶茶，这件事本身抚慰了我刚来樟木头镇失落、抑郁的情绪，让我在南方的生活可以继续下去，有了现在的可能。

半生如茶

朱金贤

一

竹山河村在晨露中冒了出来。群山无比寂静，听不到牲口的叫声，甚至人的脚步声也很稀疏。村庄蜷缩在一片潮湿的暗影里。阳光洒在更高的山顶，呈现一片金色，正顺着山坡的沟坎一溜一溜往下滑。相信用不了多久，它必将照耀这块土地。

两扇亮红的油漆大门打开，像一双巨手托着清晨的曙光。陈玉双挎起一个小巧的篾制背篓走出家门，不一会儿跨进茶山。房前屋后，沟谷山坡，目光所及之处，尽是高低起伏的茶山。微风拂过一片片茶叶，空气中飘着淡淡的茶香。二十年来，生活的蜜糖恰似眼前的茶山，从一无所有，一点点蔓延成一望无际的绿意。陈玉双想起那些成天成夜开荒的日子，星光落下后，握着锄头的手也渐渐无力。当太阳在每个清晨升起，世界透亮清明，又生出无穷的力气。他揉揉眼睛，微笑像坡上的阳光，爬上那张覆满风尘的皱纹斑驳的脸。

我跟着陈玉双走进茶山。那片浓浓的绿意，是生命的颜色，美丽而悲壮。二十年后，我被一种力量牵引着，从炉房乡辗转千里来到竹山河村。除了对亲人的挂牵，我一直渴望为这些年内心深藏的疑惑找到一个答案。一个人白手起家、无所依靠，是如何在荒凉之地为一个家庭谋得活命出路的？我想，这块土地的人和物，那么艰难却蓬勃，一定有什么是我必须敬畏的。

来思茅前，我特意在网上查询了这里的信息。竹山河村隶属普洱市思茅区六顺镇，距镇政府所在地31公里，距思茅区50公里，主要产业为茶叶种植。这里除了茶山，便是密密麻麻的森林，地域辽阔，有时几公里不见人烟，说是万山老林也不为过。

和群山里的很多村庄一样，这里并不热闹，往往三五户或是十几户挤在一个还算平坦宽敞的角落，许多这样的村落构成了竹山河村的版图。人们起早贪黑，把时间献给茶山，即使在白天，村庄也显得寂寥。

二

"当时这里只有五六百人，方圆几公里看不见一间房子。"说起初到竹山河的情景，陈玉双眼睛里仍溢满荒凉。

我仔细看他的脸，眼眶里的泪花在阳光里变得透亮晶莹，不知是回味的苦涩还是甜蜜的激动。如果说离开祖宗的埋骨之地是一生无法治愈的心灵疤痕，那么掘出一片天地是否充满了劫后余生的骄傲呢？

"方圆团转都是草棵、树林，连块地都没有。这茶山，也是我一锄一锄挖出来的，那些年，手上不知磨破了多少血疱。"陈玉双叹气说，"不过值得了，有这些茶山，一家人不再受冻挨饿。哪天我老了，还可以自豪地告诉儿孙们，我是这块土地的开山始祖。"

时光回到遥远的一九九八年，在陈玉双的老家昭通市巧家县炉房乡，炉房水库的建设正如火如荼地进行。他的土地、房屋全部被征收，不得不接受政府的安排，移民到千里之外的思茅。我无法想象，他们一家人是如何挣扎着在陌生的恐惧中来到思茅，最后定居在竹山河村。

"我们一起来的有三十多家人，政府派了一个车队送我们来。到这里的时候，是腊月二十九，太阳快落山了。一路上看见的都是树和草，没一块地。车上有人开始哭，没多久大人小娃哭成一片。他们边哭边吼，这是什么鬼地方，我要回家。

"这还不是最糟糕的，看到房子的时候，大家连哭的力气也没有了。脚都软了，靠着山坡像一堆烂泥巴。我们都以为房子是盖好的，搬来就能住了。可那是什么房子啊？几根钢筋撑着石棉瓦，四周全是空的，地板灰楚楚、坑坑洼洼的，还不如猪圈呢。那是冬天，风刮起来像针刺一样。小娃倒是哭到半夜睡着了，我和你姨妈一夜没睡。

"没有人愿意留在这里。才大年初一，就走了几家人。我跑了几十里山路，去街上扯回一些油布纸，把房子四周遮一下。当时，你姨妈正在收拾东西，她骂我：你怕是疯了？你还想一辈子住在这里了？我懒得理她，提了把镰刀把团转的草棵清理了，总算弄出块像样的地方来。"

"为什么你不走呢？"我笑着问他，"难道你当时就预料到在这里能大富大贵？"

"来了31家人，最后只剩9家，我也想过走，可我能去哪里呢？我们老家的房子没了，土地全被炉房水库淹了，回去也找不到活路。"陈玉双摇摇头，有些无奈地说，"我当时没想那么远，只是想着来都来了，什么都没做就跑回去，太丢脸了。我想苦个一年半载，要是实在苦不着吃，再想办法。

"刚来的几个月，还是很艰难，时常吃了上顿愁下顿。后来我打听到有个公司在开荒种茶，需要挖地的工人，就多着胆子去问。人家不嫌我又黑又瘦，也不消现在这样面试体检的，第一天就让我上工了。我每天摸黑出门，走十多里，到地里天才亮，晚上又摸黑回来。

"结果我第一个月就领到了工钱，你猜多少？我的天，两千块啊，在炉房我一年也苦不了这么多。"陈玉双略微泛红的脸有些激动，又叹口气说，"当我把两千块钱掏出来时，你姨妈笑得跟烂柿花一样。可她才摸到我的手，就伤心地哭起来。她心疼啊，说：这手咋像个癞子的？"

三

离开故乡的人，活下去不容易，要活得好更是何其艰难。在那些模糊的光阴里，陈玉双像一匹孤独的狼在山野里摇摇晃晃奔跑，锐利的风把他的头削出了白发。

陈玉双接着说："我没什么大本事，人要活下去，在哪里都离不开一个'苦'字。一家人有饭吃了，有衣服穿了，我心头才踏实。"

我转过身，揉揉眼睛细细看那一片茶山，几个缩小的人在远处露出上半身，蜗牛似的缓慢移动着，他们的身体微微前倾贴近土地，身体和茶叶的缝隙间落下一片暗绿的阴影。我知道，那是耕耘的姿势，也是他们十年如一日坚守的状态。每一个向前走的人，无不是背着沉重的担子前行。

"看你现在这样，白白胖胖的，多少年没挖过地了吧？"我问他，"你怎么不挖地改种茶了呢？"

"在老家，那是牛干的活计，要不是逼不得已，谁愿意拿命换钱？"陈玉双瞅我一眼说，"我也不是憨包，我跟他们挖地，学会了开荒种茶。入乡随俗嘛，你不跟人家学，咋可能过好自己的生活？这里大片大片的山，自己动手一挖，就可以种茶了。后来那公司开荒到我们这儿，给我们分了些。连挖带分，我现在也有四五十亩茶山了。

"这些茶树都是宝啊。有了钱，我还给小娃们盖了房子，他们自己也有的吃穿了。"陈玉双笑了起来。一串爽朗的笑声，携着茶的香味飘起来，轻盈盈地回荡在翠绿的山野。

"种茶树也很辛苦吧？"我问他，"一棵茶树能采几年茶叶？"

"我这些茶树都十几年了，听说好的茶树能采四五十年呢，"陈玉双想了一会儿说，"差不多是一个人的半生。"

我突然有些明白了，那么漫长的人生，怎么会有绝路？陈玉双，以及这块土地的移民，那么平凡、艰辛，却从未放弃希望，把故乡赐予的智慧带到遥远的异地，硬生生把一片深山老林变成富裕的家园。

我知道我必须敬畏什么。多少年后，和陈玉双一起移民的那些人，必然成为这块土地的奠基者和造梦者，成为很多人的祖先。其实他们何尝不是承袭祖先的智慧，在群山里兜转流离，历尽苦难在这块土地上落脚，安置下生存的渴望。而后历经几代、几十代，他们的异乡最终成了子孙后辈的故乡。

一个个人、一个个村庄、一个个民族的壮大，无不是在艰难中找寻、造梦、圆梦的过程。我想，只要有人，有一颗耕耘之心，无论怎样贫瘠的土地，都终会成为梦想绽放的原乡，就像眼前的这片茶山一样。

茯砖茶：丝绸之路上的迷梦

陈思侠

一

民间有句俗语说，开门七件事：柴、米、油、盐、酱、醋、茶。在这些与人们生活息息相关的食品里，茶对河西走廊的人家，是一种待客的礼仪，有着非同寻常的意义。"寒夜客来茶当酒"，正是透露了这种礼仪的日常温度。

二十世纪七八十年代，不管你是过路人、挑货郎担子的，扛着大锯做木工的，拉着油漆罐做油漆匠的，甚至是吆着皮车拉粪土的，只要经过一个庄院一户人家，讨碗水喝，庄户人都会端上一碗白开水说：喝茶，喝茶。恭敬之态，真是难以言表。

明明是一碗白开水，却要说出喝茶。这多少是包含了一种对客人的尊重，对茶的金贵。在我的家乡玉门农村，过去客人来了，家境好一点的人家，会撮一点包了几层麻纸的茯砖茶，或者是挖上一勺白糖，作为茶来献给客人。加了白糖的就叫糖茶。

茶，在家常便饭中，有了一层礼仪的意味，就像伸出了荷叶的红莲，显得新奇而珍贵。大概在二十世纪八十年代初，我不记得是大伯还是叔叔，在北山的麻黄滩放骆驼，遇到了一户马鬃山的蒙古族牧民，用一袋胡萝卜换了几块茯砖茶，家里来了客人，泡几碗茶，那简直是尊贵的仪式！我就看着一碗白开水，在砖茯茶慢慢地开散中，有了蚯蚓一样的赭红线，有了一圈一圈浓亮的火舌。而后，一碗白开水，变成了透亮的橘红色饮料，喝茶人的两腮也泛起了油红的光彩。

走出家乡前，这是我对茯茶最深的印象了。在偏僻的乡间，朴素的人家，一碗茯茶，无论春夏秋冬，都是胜于酒的款待。

二

在河西走廊古老的敦煌壁画上，汉唐的宴乐场景中，都有饮茶的器物。胡商东来，中原宫廷会聚，饮茶品茗，自然是日常少不了的一道生活程序。敦煌遗书中，就有一篇唐代乡贡进士王敷撰写的《茶酒论》，虽然不是专门的饮茶文章，但是通过茶与酒的博弈，鲜明生动的辩诘，幽默有趣地道出了茶与酒的本质与特性。《茶酒论》中说：茶不得水，作何形貌？酒不得水，作甚形容？米曲干吃，损人肠胃，茶片干吃，只粝破喉咙。

这篇辩解的文章，让茶饮的非凡意义，历久弥新。

事实上，在古老的河西四郡，在整个陆上丝绸之路上，无论是盐茶古道，还是茶马互市，都印证了一条源远流长的茶叶之路，早于海上丝绸之路大量外销茶叶前，张骞开通西域后，汉朝的商贾就将经过压制的茯砖茶，同丝绸、青瓷，穿过火洲、翻越葱岭，输入了西亚和欧洲。

几千年的茶文化发展史上，通过河西走廊的对外贸易和交流，能够见到记载的，陆上丝绸之路也到了宋朝以后。当时少数民族所处的边疆地区成为茶叶的重要消费市场，宋政府与西北少数民族之间的茶马贸易，成为茶叶边疆市场的重要组成部分。宋朝的茶叶以岁赐和榷场贸易两条途径进入西夏境内，不仅满足了西夏茶叶消费的需求，还成为西夏转口贸易的重要商品。

茶叶，这种神奇的东方树叶，已经不再是简单的叶子和植物，而是一种包容了民族商贸文化，一种丝绸之路上文明互鉴的精神象征。因而可以说，在国家"一带一路"倡议中，茶叶、茶文化，这张名片，依旧有生机勃勃的生命力，有赋能西部开放的能量。

三

即使在今天，在西北少数民族的生活中，茯砖茶依旧不能为盛行的铁观音、茉莉花茶、红茶、绿茶所替代。这种古老的茶砖饮用，不仅仅是一种传承，而且成了民族饮食的一种标志。

河西四郡之一的酒泉郡，自古就是多民族聚集地。这里祖祖辈辈生活的蒙古族、哈萨克族、回族、裕固族、东乡族、藏族，每一天的生活，每一顿饭食，都离不开茶水。因此这里的人，把饭食做得好的人家，都称赞是"做得一手好茶饭"。

做新闻记者30年，我走遍了酒泉的山山水水，也走遍了好客的少数民族放牧点，品尝过无数次他们煮沸的茯砖茶和用茯砖茶熬制的奶茶。歌不离口，杯不离手。这杯，就是一碗一碗飘香的奶茶。从肃北的盐池湾草原，到阿克塞哈尔腾草原，炊烟升起的蒙古包和帐房里，牛粪火烧旺的时候，奶茶已让围坐在一起的宾客和主人，喝得酣畅淋漓、掏心掏肺。

据说，蒙古族人饮茶的历史从13世纪成吉思汗时代就有了，而忽必烈建立元朝后，宫中便有了上乘的御茶。这时候，饮茶也成了一项郑重的礼仪。据史书记载，元朝宫廷营养师忽思慧，就曾撰写过一篇《饮膳正要》，其中有元朝宫廷饮用的茶叶名称及制茶方法。甚至有一本元代家庭日用全书《居家必用事类全集》，也收录了多种茶的饮用方法。由此可见，元代时期饮茶习俗开始在蒙古族社会流传。这些记载反映了蒙古族饮茶风俗盛行，并逐渐形成了饮茶的饮食习俗。今天的肃北蒙古族人，饮茶与手抓肉一样，同样是日常所需，和献给尊贵客人的一道"硬菜"。

而在阿克塞哈萨克族自治县，被称为"卡依依苏"的喝茶，不仅是哈萨克族牧民每日的生活必需品，而且这道礼仪还附加了交流、谈心的意味。党员干部深入牧区做思想教育、普法宣传，所做的工作记录和笔记，在牧区被通称为"喝茶日记"。喝茶，这个过程真是意味深长。

哈萨克族有一句谚语：宁可一日无米，不可一日无茶。在雪域高原的当金山和阿尔金山，哈萨克族牧民将茯砖茶打碎成小块，煮成热乎乎、香喷喷、油滋滋的奶茶，让远道而来的客人，一边喝茶进食，一边谈笑风生，生活的情趣，就此有了真切的滋味。有一次赶上肉孜节，他们称为"转房子"，我们每到一个家庭，都会在激越、热情的冬不拉弹唱中，端起奶茶，和他们一起分享生活的甘甜。

四

2015年5月21日，陕西泾盛裕茯砖茶大型仿古商队来到河西四郡之一、美丽的丝路航天名城酒泉。泾盛裕茯砖茶驼队走进酒泉的那个正午，在辐射四条大街的酒泉鼓楼，我拍下了这张珍贵的照片。

这一天，驼队举行了泾盛裕茯砖茶产品展示区和丝路文化摄影展，推介了泾阳茯砖茶品牌，流连在画廊间，我对茯砖茶和其原产地"茯茶小镇"有了更深的了解和认识。

这种推进了古丝路上各族人民文化交流的饮品，发源地在陕西泾阳。这是古丝绸之路和陕甘茶马古道的起点，是南茶西运的集散地和中转站。"自古岭北不植茶，唯有泾阳出砖茶"，流传在民间的一句俗语，说出了泾阳举足轻重的地位和"茯茶小镇"的兴盛。

而这次"泾阳茯砖茶·丝绸之路文化之旅"，自陕西泾阳启程，136峰骆驼、8匹马、数十辆宣传车、100多位丝路行者，历时一年之久，行程15000多公里，途经西北五省，跨越中哈两国，最终到达哈萨克斯坦江布尔州陕西村。而抵达甘肃酒泉之前，商队历经8个月的时间，已跨越了陕甘宁青4省区的很多城乡，真可谓"昼夜不停，穿州过府"，再现了古老丝绸之路上茶叶之路的盛况。

"泾阳茯砖茶·丝绸之路文化之旅"不只是一趟商贸的形态之旅，而且是一场千年文化的呼唤，作为中哈两国共同举办的大型文化交流活动，它在追溯、传递丝路文化的同时，也促进了当下中哈两国民间的深度合作和文化交流。

自汉代至今，陕西关中地区的泾阳，就是丝绸之路声名远扬的茶叶集散地和中转站。随着丝路驼队的足迹，茯茶贸易远抵西域，构成了一幅商贾云集、茶市兴隆的商贸流程图，也展现了一幅美美与共、和合共生的民族团结图景。

如今，时光流转中，作为国家非遗项目的茯砖茶，浸透了人间烟火，依旧有历史的醇香，依旧有光鲜的四季，在古老的丝绸之路上，它将收起让人沉醉的迷梦，写下新的传奇，在新的征程上走出一条飘香之路，文明见证之路。

钱老五和他的闸头鱼馆

马 蚁

闸头鱼馆距离城区四十公里，因位于大闸边上而得名，其实就是苏北乡村的一个小菜馆，看不到特别之处。倒是不远处的骆马湖和大运河，汇聚了北方浩浩荡荡的流水，毫不掩饰其鱼米之乡的富足之态。

当地人提到闸头鱼，一般是指钱老五家的闸头鱼，后来，闸边人家见钱家生意兴隆，纷纷仿效，于是张三闸头鱼李四闸头鱼拔地而起。不知道是因为味道，还是其他原因，一段时间后，张三消失了，李四消失了，钱老五仍然挺立闸头，这一挺立就是三四十年。

别说乡间了，甚至城区最牛气的饭店，无论多么横行霸道，也只是城头变幻大王旗，顶多主导某个时期的饮食口味，哪有如此长时间的坚持？于是闸头鱼慢慢变成我们这座小城市饮食界的头牌。闸头鱼的做法呢，表面看起来差不多，大盐大辣，大火炖烧，但钱老五家的总和别家有所不同。有人说用的骆马湖湖水；有人说不用有毒饲料，鱼在湖中自然长大的；也有人说钱老五有独特的配料秘方，在味蕾上开天辟地，轻者上升为天，浊者下沉为地；还有人认为火候最重要，那些燃烧的柴火离开人间，却留下了灵魂。

慢慢地，钱老五把饭店开进城区，可离开闸头这个灵性之地，鱼的味道就平淡了。后来他只得放弃做大的想法，一家人在一个小地方坚守一家小饭店。或许，大有大的乐趣，小有小的自在；或许，对有些人来说，衣食丰足即可，赚钱太多，是一种资源配置的不公和浪费。

有段时间，我常常呼朋唤友过去品尝河鲜湖鲜的味道，吃多了便不以为意，毕竟布衣暖，菜根香，诗书滋味长，大鱼大肉后终究要回归生活的清淡和平常。后来在北京待了几年，有次出差重庆中途返乡，大路和宁静开车到机场接我，问中午在哪里吃。不知道脑袋搭上了哪根弦，我脱口而出，闸头鱼。可能重庆的辣椒刺激到了味腺的深处，潜意识中的一个小小辣椒，一条鱼，铺就了一条回家之路。

三人开车从睢宁、宿迁一路绕过来，下午一点半到达钱老五鱼馆，他们家的规矩没变，客人站到水池边指着自己看中的大家伙——活鱼现杀。鱼的品种在我们当地叫混子，分草混子和螺蛳混子，体形和长相差不多，区别是一个吃草，一个吃螺蛳，有人称道这个味道好，有人赞美那个口味佳，有人则中和一番，说各有千秋。从食物链的角度划分，螺蛳混子要比草混子高一个档次，一个是食肉动物，一个是食草动物，因此螺蛳混子的价格高于草混子。这就相当于同样是人，要有贵族和平民的划分。

水质清澈容易产生视觉误差，水里游动的瘦子，出水后变成了胖娃娃，宁静叫道，这么大，三个人哪里吃得完？大路请客，他摸索着腰包，咬牙装大方，说，多吃一点，才能尝到最好的滋味。

在地锅和柴火的簇拥下，我们选中的鱼并未离开自然，而仍在江河里游泳，只不过那江河一会儿就换成了我们的胃。普通碗盘装不下，端上桌的是闪闪发亮的不锈钢大盆，吃几口鱼肉，额头上面密密麻麻地渗出汗珠，鱼的滋味就在胃里重新游动，一点点游进心里，一点点渗进无数的汗毛孔。

那一刻，我突然明白，鱼的滋味原来并不仅仅是鱼的滋味，它还是河流的滋味，河流的滋味也并不仅仅是一条河流，它还是家乡的滋味，多年养成的，永远难以忘记。

多年前，大路突发疾病，和当时的国家男排队长同样的疾病，队长抢救无效去世了，大路却神奇地活了下来，这是北京专家带来的人工心脏救了他的命。

从北京请来的专家赵望月定居美国十七年，收入高，生活安逸，还是回国了，他说是胃的原因。他是北京人，十七年仍然不习惯美国的饭菜，说，早饭一碗豆汁一根油条，几个包子，多好。怪不得卢梭认为，人的各种感觉中，味觉对我们的影响最为深远，味觉欲望可以吞没其他欲望。

回到北京医院后，赵望月每次被邀请到外地做手术，都要尝尝当地的特色小吃，如今舌尖尝遍了大半个中国，眼界大开，他虽然是个西医，却懂得五脏与五味和五色之间的关系，五色令人目盲……五味令人口爽……是以圣人为腹不为目，故去此取彼。他喝了我们本地的豆腐脑、羊肉汤后说，不错，还有更猛烈的味道吗？

坐进骆马湖边钱老五鱼馆里他吃得兴奋，感慨地说道，辣椒的味道因其猛烈而能覆盖更多的味道，因其猛烈而让一条死鱼复生，它不是躺在盆里，而是仍在江河湖泊之中搏浪击水、上下求索。他的说法倒十分符合这块土地的特性，徐州大地是楚汉争霸之地，是项羽的"虞姬虞姬奈若何"之地，也是刘邦的"威加海内兮归故乡"之地。楚汉时代虽没辣椒，但这片土地却饱含辣椒的霸气成分，刘邦，亭长；萧何，主簿；樊哙，杀狗的；曹参，监狱长；夏侯婴，养马驾车，相当于县政府的老司机……区区一个沛县县级班子，直接接管全国。

楚汉文化因战争扩大成全国性的文化，但当地文化并没有没落，如一股清新的流水，如长江黄河的源头，仍在默默汲取力量。

赵医生说，你们并不是吹，彪悍的民风，把大咸大辣的味道和性格顺着舌尖传递下去。文化的源头和本质就是吃喝，猴子靠吃喝滋养身体和大脑从动物界脱颖而出，人类则用吃喝思考如何战胜其他国家和民族，好在和平是当今的趋势，我们遵从契约，在纸面上达成一致，从而消除罪恶和战争，让那残酷的争斗只在拳击等体育运动上留下痕迹和味道。

虽然五味令人口爽，但赵医生认为大盐的味道总让人联想起干裂的盐碱地，还有沉重、凝滞、不流通之类的词语。赵医生局外人的视角让我们这些当事人幡然醒悟，据说当年苏北地区流行大脖子病，也就是甲状腺肿大，调查认为与当地爱吃腌制品的饮食习惯有关。因为贫穷，腌菜作为主食，因为贫穷，百姓把吃的东西埋在盐中，以防不时出现的饥荒之年，这份留在舌尖上的贫穷记忆代代相传。

干裂的黄土地承载着落后的农业文明，如果只有凝滞和沉重，那么来自河湖的游鱼如何带动我们的身体和心灵重新回到河湖之中，寻找属于它的大海？而我们急需的是流动的、阔大的、无拘无束的工商业社会的蓝色海洋文明。当然现在的闸头鱼早已与时俱进，向着咸辣适中的方向发展，只要每个人做出条件选择，比如说微辣、中辣、大辣，闸头鱼都会有适合的口味。

赵医生还说，鱼者，欲望也，消除不了的东西，我就一点点地咀嚼。

欲望可张扬，也可隐藏，与阮籍同时代的张翰，同样放浪，春风得意时突然辞官还乡，说是想起家乡的莼菜与鲈鱼，不久他的上司、权倾一时的齐王倒台，而他丝毫未受影响。苏东坡没佩服张翰的眼光，却赞美他是个美食家：浮世功名食与眠，季鹰真得水中仙，不须更说知机早，只为莼鲈也自贤。

一道菜折射官场和社会的生态，这是与骆马湖和闸头鱼有关的另一个故事。多年前一位地方官品尝闸头鱼后赞美不已，问名字，随从答道，闸头鱼。他愉悦的神情顿时凝重起来，问道：铡头鱼，这地方和包公有关系？众人答，此地离开封府甚远，况且包公清廉，不会鸣锣开道过来吃鱼。

他沉吟半响：落马湖，铡头鱼，这可如何是好？于是一纸令下要将骆马湖改名龙马湖，铡头鱼改名龙头鱼，钱家人不愿意，官员指着院中汪汪乱叫的狗说：狗头鱼，行吗？后来此事不了了之，毕竟几十年的闸头鱼名字好改，几百年的骆马湖改起来有难度，但这未尝不是好事，当地官场风气在纷纷扬扬的改名风波中好转，每个人都感觉头顶骆马湖水明镜高悬，虎头铡和狗头铡闪闪发亮，包黑子正用脑门上的第三只眼睛监视人间。

后来，整顿骆马湖，闸头鱼馆搬离老地方，无论如何变化，闸头鱼作为难忘的味觉记忆，已经融入当地人的集体潜意识之中。钱氏的祖先、割据东南的吴越王钱镠有爱护百姓的好名声，诗僧贯休夸道，满堂花醉三千客，一剑霜寒十四州。其实，不管是王侯将相，还是普通百姓，如果坚持不懈地做好一件事，都可能一剑霜寒十四州，从而让历史和更多人记住。

山一程，水一程

淳　本

1

"热重安，冷清平，不冷不热凯里城。"

那时，黑夜长满触须，在灯光之外慢慢向奶奶爬行。她慢条斯理地一边做女红，一边唱酒歌，摆龙门阵。

我则用心在地图上看着重安江向东北流至重安镇，便转头向西南，于凯里与龙头河合二为一，并以清水江之名蜿蜒东出贵州。

"解放前，你爷爷就是从龙头河下洪江的！"

白云悠悠，爷爷的身影在山水间忽明忽暗。奶奶说至兴处，便停了下来……洪江在清水江下游的沅水之畔，在这里，江水又折往北直入长江。这一路的清澈婉转、兼容并蓄，不知留下多少爱恨情仇。

先秦，楚顷襄王的大将庄乔溯沅水取道且兰，灭了夜郎。而且兰故都为今黄平旧州。那时的凯里，即属且兰。

山高水长，头顶的天空清明而开阔，这遥远的山水才得以自在生长。小小的凯里，就这样醒着、躺着，看日月交替，万物不停轮回。

1702年，凯里安抚司并入清平县。

"故园日与青春远，敝缊凉思白苎轻。"1508年，阳明先生山水兼程前往龙场驿，过清平时想起了他的家乡。十九年后，他的再传弟子孙应鳌在此降生。

民国初年，因与山东"清平县"重名，清平更名炉山，取苗岭圣山香炉山之名。

1956年，凯里因水陆交通便利，成为州府。

2

也许是那时夜色太浓，我们又被四面的大山包围，若婴儿回到了母体，有点空旷，又有点慌张。只有奶奶絮絮叨叨地说着、唱着，夜，才变得安宁而静谧起来。

夏天，晴朗的夜晚，我们就躺在屋檐下看星星。目光越过青瓦的参差墨线，星子碎银般洒满苍穹。咫尺都是黑暗，偶有人声与虫鸣幽幽传来，让人疑是在梦中。不过，奶奶就在近处摇着蒲扇，与邻居们有一句没一句地说着话、打着盹。于是，黑暗中，总是一忽儿有声音，一忽儿没有，如溪水涨落，轻柔缓慢。

秋冬，夜里风声渐次大起来，越过城北的大阁山，带着隐约的唢呐、芦笙与木叶声，还带着清水江远去的呼啸声，将夜的寂静一点点打破……

似乎，一代一代的凯里人都是这样，在如此山水间，慢慢悠悠地成长。

3

"我是你们的菩萨!"奶奶偶尔也会眼泪汪汪,"你爷爷走时,我才三十岁!"

父母的早逝,致使我们孤单且迷茫。奶奶对她重复的命运虽有困惑却很坦然。

每当想起奶奶,她不是坐在那盏老旧的白炽灯下做女红,就是在灶间忙碌。她的手在各种织品上翻飞,在各种食物中翻飞,将我们的身体与精神同时喂饱。

"好好学习!"

她浑浊的眼光哀哀飘来,我们便赶紧低头,在心中立下各种誓言。

"你要把我写成书!"

每当我长大一点,她就会提出更高要求。我也默认了!

"你们是读书人家。"她说她从香炉山嫁到凯里时,曾祖父还有世袭的官职。爷爷因为是独子,家里便让他赋闲休养。

"凯里是个好地方!"她一遍遍地说。

"凯里"是苗语"木佬人的田"之意。

魏晋,苗族人经历无数坎坷,方被这片土地收留。

明清,政府将大量汉人西迁,部分江西人分流至贵州,凯里的苗人就此有了汉族基因。很多西南人均说自己祖籍江西吉安府朱氏巷，而凯里万寿宫（江西会馆）两侧的老街人则会苗声苗气地说：我们来自"猪屎巷"。

苗族自称苗家，称汉人为客家。他们始终认为，自己才是这片土地的主人。

自此，东西不过两公里的老街，终日鸡犬相闻、人声鼎沸，与大阁山北的清水江交相呼应。那座长江中下游的小城，却静静坐落在河水尾端，等待无数西去的族人前来认领。

父亲则说我们家是"改土归流"受命从山东来的，他却一把火烧掉了凯里淳（于）氏唯一的家谱。仅留几座毁坏的坟茔，给我们以无限遐思。

每每提及，奶奶总是摇头。

"不烧，他挺得过那些年？"哥哥说。

奶奶只好低眉做她的女红："跟翁牙的苗家学的，全靠这些养活你爸他们！"

"后来，我们去翁牙守田。"奶奶继续说，"从小高山半坡的别牙下去，就看到马鞍寨了！"我一直弄不清翁牙与马鞍寨的关系。

小高山与乌鸦坡、牛角坡则同为凯里南部屏障，均属苗岭山系。

苗岭，用它的无数支脉牢牢地抓紧黔东大地，成了黔地长江与珠江水系的分水岭。世界上绝大多数的苗族都生活在这里。

清水江则横亘了几乎整个苗疆。

凯里，刚好就在这山水相拥之处。

4

十岁那年，奶奶带我们去了一趟马鞍寨。但没从小高山走，而是沿大修厂前面的山坳下去。我仅记得那个漫长的午后，时间都停在了满屋的米酒、腊肉、笑语和歌声里，一直到太阳落下山坡……

夜里，我和奶奶住在一间黑洞洞的小屋。这乡村的黑比凯里更胜一筹，凯里的黑是阔大深远的；这里的黑，仿如被什么紧紧裹住，气都出不来。

不知睡了多久，一段木叶声荡悠悠地被人丢了进来。我一下睁开眼，一轮明月已爬至窗口。小屋突然浮在了迷蒙的白雾中——那种白，有着惊人的美。紧接着，远处传来悠扬的芦笙和咿咿呀呀的歌声。在这月色下，那些浮动在大山深处的爱情，居然让小小的我获得了别样的宁静。

那晚，我做了一个悠长的梦……

后来我方知，"翁牙"苗语叫"奥朴鲁"，意为"水冒出来的地方"，六个组成的寨子中马鞍寨最大。

奶奶说到翁牙后，爷爷被命为保学。这个温室里的少爷从此就变了，一家家去劝说：钱，我帮你垫上！

有村民丢弃女娃，他说：我帮你们养！

伪乡长强抢民女，私贩官盐等，他都挺身而出。

1940年秋，凯里大疫，他让佃户挑了上百担米去城里接济。

"他们说他是菩萨！"奶奶望着远方，好像那里有爷爷的身影。

我也望着远方，如有人在山间踽踽而行。

"别牙脚下的大柏树后是个涵洞，树下有口大井。"每每说起往事，她的眉眼就浮现一种深深的醉意。

"那水好清凉啊！"

5

爷爷病逝，所有田产都卖了。奶奶只好忍饥挨饿，奔波在苗岭山脉的村村寨寨。

一次年底，身无分文的她赊鱼去贵定卖，与两个挑工走了两天两夜。他们到后即回了。她结完账，在一个"同志"的安排下，一个人从贵定过马场坪、洪水塘、炉山，再经香炉山回凯里，又是两天两夜，终在大年三十傍晚赶到家。她裹过的双脚被草鞋磨出巨大血疱，与包脚布连在一起，撕都撕不开。她与她的六个孩子又哭又笑，抱作一团。

但从此，她笃信：一切会好的！

"最怕的不是走路，是过独木桥！"

去雷山赶集，必过巴拉河。这条河源出苗岭最高峰雷公山，"巴拉"是苗语"从高处往下跳"之意。而它欢快地跳，阻挡了无数赶路人的脚步。

"吃不饱，身体虚，只好四脚四手地爬！"

奶奶撩起衣服狠狠擦擦眼角："有一次，实在太饿了，眼一花，就大叫：'桥倒了，桥倒了！'吓得他们赶紧来扶我！"

她笑了，以一种胜利者的姿势："他们说我是淳家的功臣！"

1955年，父亲考取川大中文系。

而奶奶说的"他们"，当然是那些与她一起披星戴月，奔波在苗岭深处讨生活的人们。

奶奶的故事听多了，我对凯里的山山水水愈加熟悉起来，仿佛它们是与我一同成长起来的。

6

后来的无数夜晚，我常会想起奶奶的歌声和龙门阵。想起那些夜的黑，如湖水般轻轻涌在她的周围。

此时，窗外万家灯火已取代了满天星子。

我们兄妹的菩萨，应就在那深蓝的天幕之中……

2019年版的《清平县志》上，凯里营都司"淳成"的名字跃入我的眼帘。是了，我那远道而来的祖先们，正安静地卧在这天底下，他们将与这里的山河一起，生生不息。

今春，我们开车去了一趟翁牙，这次是从别牙下去。小高山已成凯里的体育公园，路面拓宽，铺了柏油。但我相信，这就是奶奶们无数次走过的崎岖山路。

而山林深处的吊脚楼亦换了青砖房。倒是林中升起的雾霭，如小时那晚的月光般有着惊人的美。那水冒出的地方，我没找到，却分明听见它在大山身体里咕咕作响……

那些与我一起长大的山川始终清晰而美好，于是我写下：

余生我都将在凯里，任何一场雨水之后

都将有我的原形

在你的胸口不断显现。

而奶奶和她的爱人，依然在山水间，唱着她无数次唱起的歌谣——

"热重安，冷清平，不冷不热凯里城。"

豆腐之味

罗霄山

一星微弱的手电光，晕入浓墨的夜幕，几乎湮没无形。母亲肩挑木桶，摇摇晃晃走在结冰的羊肠小道上。我紧跟后边照亮，只能看清脚下一米见方的范围。我们到一公里外的水井去担水，要做豆腐过年。临近除夕，天寒地冻，我冷得直哆嗦。水井黑咕隆咚，一张巨口横生，随时要将我吞噬。母亲弯腰舀水，眼看要掉进去……这场景如此熟悉。我倏然惊醒，原来是南柯一梦。冷汗淋漓，发现被子踢在一边。

我披了睡衣起身，踱到客厅。窗外熹微，天边已现鱼肚白。这梦境恍若昨天。我六七岁的样子。那时没通自来水，用水必经脚步丈量。每年春节前做豆腐，都要半夜起床担水，来回几趟，水才够用。我和大哥、二哥轮换着为母亲照亮，主要是做伴。父亲体弱，一直在村小做代课教师，中间还有一段自己开私塾。我的启蒙就是在自家私塾完成。后来父亲继续到乡中心小学代课，直到干不动了。父亲只擅长教书，所有农活、一切吃穿用度落到母亲身上。无论什么活，母亲必定是主角。父亲与我们一样，只能打下手。母亲做什么事情都风风火火、精益求精，父亲性子淡，懒得麻烦，只求过得去。两人各执一端，经常拌嘴，难以调和。改变不了父亲，母亲干脆不再啰唆，自己默默干得了。

就如做豆腐。从头天要磨碎豆瓣，清水浸泡。半夜担水，一大早推浆。再过滤，生火煮豆汁。打卤，豆花成型。最后舀入模具，压榨豆水，制作完成。这一系列操作，母亲如一个合唱队指挥，要掐准时间，发出指令，父亲和我们依据指令完成。每年做豆腐都急若星火，因为寨子里十多家人共用一盘石磨，必须排好班使用，统筹好每个环节。

后来自来水通了，解除了半夜担水之苦。有好几年，母亲干脆请足人手，同时完成杀年猪和做豆腐两件大事。当天，要早早地先做出一锅豆花，将刚出腔的猪血与热豆花搅拌均匀，撒上适量肥肉丁。肥肉丁的作用是让油脂浸润，中和口感。然后团成球状，置于通风处，待熏腊肉时一并熏制。这就是血豆腐，一般与腊肉、香肠同蒸。第二锅压制的豆腐，多半要炸成豆腐圆子，外焦里嫩，浆汁满口，是年夜饭什锦汤中的配角。或与酥肉同蒸。第三锅主要制作荞灰豆腐，以荞梗烧灰罨过宿，食之极嫩，同样要在熏腊肉时打上一阵火烟，浸一浸腊味。刚割下还冒着热气的猪肉，要马上用炒熟的盐和花椒腌制，等待时间酿出风味，再熏制腊肉。春节是豆腐大放异彩的日子，母亲几乎将豆腐的各种面目一一展现出来。一年到头，豆腐下肉。过年犒劳犒劳家人，唯此无他。母亲经历过饥饿年代，对一家人的吃喝尤为上心，主要表现在春节的筹备，决不亏待我们的肚子。

豆腐制作方法很简单。将接受卤水超度后形成的豆花一瓢一瓢倒进事先垫入纱布的模具，这模具称为"包厢"。纱布要包厢底面面积的两倍多，才能完全覆盖豆花。再盖上木板制作的盖子，大小不能超过包厢内壁，最后覆以砖块、石块等重物，将豆水压榨出来。直到豆水滴尽便可拆包，用菜刀沿盖子压出的印迹轻轻划开，鲜嫩的豆腐方方正正呈现在眼前。母亲做好豆腐，通常最先装入我的后备厢。新鲜豆腐爆炒，必须搭配母亲亲手剁的糟辣椒，盐味适中，蒜和姜的比例正好，撒一把蒜叶，乡野的味道就在舌尖蔓延。

我们家的包厢和过滤豆汁的摇架已经使用三十多年了，被时光摩挲得无比光滑。母亲给我讲述过来历。外祖父是远近闻名的乡村大厨，谁家红白喜事，必请他掌勺。他还是个优秀的木匠，这包厢和摇架就是他亲手制作。在我三四岁时，一天昏黄降临，外祖父突然出现在倒戈营下的那间茅屋，他女儿的家，带来的便是这个包厢和摇架。我把该情景写入一首诗："我仿佛看到/外祖父如一匹奔马翻越无数山头，/抢在夜幕闭合前到达一座山下的茅屋。"外祖母先离世，外祖父跟着也走了，母亲娘家已没有最亲的人。母亲的四伯父和四伯母没能逃过饥荒，留下母亲三个堂哥，外祖父千方百计养大，成家立业，最后在老三家养老。而二老只有母亲这一个亲生女儿。母亲多次要把二老接到家奉养，老头子犟得很，宁死不从。以外祖父的观念，母亲是泼出去的水，是"外姓人"。在外祖父的葬礼上，母亲哭得最伤心。如今，家里还保留外祖父亲手做的柜子、椅子，还有一张床，以及这包厢和摇架。母亲极为珍视，舍不得更换。

童年时去外祖父家，坐在红泥烧制的火炉前，很暖和。外祖母总从床头窸窸窣窣地摸出几颗珍藏已久的核桃，仿佛地主家掏出余粮。而我最怀念的，是使用了多年的砂锅中，咕嘟咕嘟冒着热气的水豆花。尤其那一碗蘸水让我念念不忘。外祖父不愧大厨，善调味，母亲也得其真传。每次母亲做水豆花，我总会回味起外祖父调制的味道。这味道在舌尖绵延传承，没打什么折扣。

母亲虽不能在乡村宴席中指挥千军万马，却也是必不可少的角色。尤其谁家办"白事"，水豆花是必不可少的一道菜。执事者要安排一组人员专门做豆花，母亲一直坐"头把交椅"，负责"打卤"和制作蘸水。打卤可不是一般人能做的，卤水使用多少，分作几次加入，什么时候加入，皆有章法。打卤人如魔术师，在他指挥下，豆汁顺服，规规矩矩破茧成蝶。邻里有"白事"，母亲摇身变为打卤人，她总会打电话告诉我，谁谁谁哪天走了，言辞间颇有同情和凄凉之感，最后要附带一句，"我还是负责做豆花和蘸水"，又难掩一丝骄傲之情。我只得叮嘱她，年纪大了，做点力所能及的事，务必注意安全。

而做蘸水更讲究火候。油温烧到三成热，放入豆豉粑，加入辣椒粉，小火慢慢揉散，让豆豉粑彻底分解，融入辣椒，差不多了再下肉末。肉末变色，便可起锅。全程须用小火，否则焦煳，豆豉会发苦。这碗蘸水的配料必须是姜末、蒜末、葱花。盐味要够，油要满盈。在家里，母亲总是要到水豆花端上桌，才会想起去地里挖一把野蒜，我们肚子再饿，也总要等待野蒜末入了蘸水，才觉圆满。"白事"场所，没人挖野蒜，只能从权用葱花。

蘸水的灵魂，则是那一小块黑不溜秋的豆豉粑。豆豉粑也以大豆为原料，与豆腐是同宗。每到冬季，母亲要盘算好做豆豉的日子。蒸大豆时，甑子上堆起一座小山，甑盖盖不下，便用豆豉叶均匀覆盖，用绳索围甑沿密封。这豆豉叶有一个很诗意的名字，叫鸢尾草，是法国人的国花。母亲可不知道这些。发酵好的豆豉，要将一部分晒制成豆豉颗。剩下的舂成絮状，捶打成砖形，置于箕中接受阳光催化。由黄变黑，豆豉粑便成了。每一个环节母亲都亲力亲为，那一段时间，她似乎与时光握手，整天关心的只有豆豉。她告诉我，做豆豉就像养猪养牛，养的也是命，你照看得越精细，它给出的香味越好。为了做豆腐和豆豉，母亲每年都要精准计划种多少大豆。有一次她对我说："我这辈子没有给你们挣下什么，只能在土里给你们种点吃的。"说得我眼睛揉进一把沙子。

我上班心猿意马，老在回想凌晨的梦境。母亲忽然打来电话，要我带孩子们回家过端午节。她计划做一锅连渣闹。连渣闹是菜豆腐的另一种名字。豆花或附着或包裹着嫩绿的菜叶，云朵一样，轻絮一般，菜叶枝枝丫丫，豆花覆盖，胖胖乎乎，如积一层雪花。重点还是那一碗蘸水。我渐渐习惯母亲在某个节前打电话来，通知我回家吃豆腐。而孩子们也习惯了豆腐的味道，和母亲通话，总要求做豆腐，母亲自然乐呵呵答应。

端午节当天，我和妻子带孩子们早早回家。孩子们好奇，跟在她们祖母后头，不停询问这是啥那是啥，母亲总笑盈盈地介绍、作答。

蜜糖一样。母亲告诉我，外祖父最擅长的是做豆腐。接着又感叹，她唯一继承外祖父的，也是做豆腐。我眼前突然浮现外祖父如一匹奔马送来包厢和摇架的情景。我留心揣摩母亲做豆腐的每一个细节。我对她说："下次做豆腐你在旁边指点，我来操作。"母亲日渐伛偻，我想，是时候换我上手了。

田野里的醇香

孙　戈

一

奶奶挎着柳条筐，另一只手牵着我，走过乡间小路，走过河面上的小木桥。周边的农作物还是绿色的，草也是，远处的山峦更是，但都不是一样的绿色，有深有浅。麦田已然泛黄，开始进入成熟期，就更需要人经管了。

我跑向爷爷住的窝棚，他的窝棚比别人家的高大，厚实，在最远处。爷爷好像掐算好了我和奶奶要来，迎出很远，笑眯眯的。爷爷话不多，但脸上的褶子是舒展的，黑脸皮里衬着细细的白条纹。他摸摸我的头，又兜住我的下巴，向上一抬，便打出一个清脆的响声。他瞅着奶奶走近，盯着她挎着的柳条筐，掀开盖布，表情满意且满足。

奶奶知道他看见了扣着酒盅的酒壶，他喜欢喝两口，原来窝棚里放过整瓶的小烧，但奶奶怕他喝多，怕其他窝棚里的人过来劝酒，就取消了爷爷的特权。奶奶每次送饭，顺便温一壶酒，爷爷胃不好，温酒下肚，格外舒服。

看地的老哥们儿喜欢聚在爷爷的窝棚喝酒，唠家常。爷爷年轻时当过村干部，后来年纪大了，身体不好，从村干部的位置下来，却闲不下来。乡里乡亲有大事小情，还找他做主评理，家里总围着一帮人。冬天讲不了，到了夏天爷爷索性就下地，想躲个清净。爷爷有凝聚力，拢的人也多。

爷爷在家是甩手掌柜，油瓶倒了都不扶。这样的老人注定不可爱，他不会取悦于人，更不太愿意搭理像我们这么大的孩子。我不喜欢他，却也不反感。

爷爷的窝棚，三角形，木棍搭成。顶上铺盖着茅草，遮风挡雨。地上也铺盖着草，草上铺着褥子，被子和枕头卷起来，放在一边，完全是野地宿营的样子，像电影里行军打仗，让人神往。

临近窝棚的老爷子看见奶奶和我来送饭，自然想蹭一顿好酒好菜。那人走到窝棚外的火堆边，不时拨拉几下，让柴火旺起来，一会儿拿进来两个烧鹅蛋。他好像不怕烫，两手翻腾，颠来倒去，就把鹅蛋皮剥开，递给我，吃吧，喷喷香！

我使劲闻，咋也没有奶奶带来的菜香。大鱼清炖，小鱼做成鱼酱，这都是奶奶的拿手菜，村里出名。还有黄瓜、葱和大蒜，都是下酒菜。那位老哥当仁不让，爷爷也给他斟满一盅，招呼我，坐在他旁边。

爷爷看着我吃，端着酒盅，又放下，拿起筷子蘸一下，让我张嘴，我知道他要干啥，摇摇头，但酒的醇香却飘然而至，裹挟着泥土的气息。奶奶冲过来把我挡在身后：你还想教他啥？爷爷"吱"地啜了一口酒，慢声慢语，哪个孩子不是这样？奶奶说，咱孙子是县城里来的。爷爷说：可这儿是他老家。

让他们喝，跟奶奶去麦田。奶奶拽着我，出了窝棚。

麦田里有好些稻草人，简单木棍扎个十字，搭点迎风招展的布条之类的，就算是稻草人了。奶奶做的稻草人个头大，扎得牢，编得仔细，有眼睛、鼻子和嘴，穿上一件旧衣裤，戴上一顶破草帽，胳膊在风中舞动，像真人一样，惊吓了天上的鸟类。奶奶还会给稻草人换件衣裳，改变个方向，我问为啥，奶奶说，稻草人总是一个样子，那些鸟看惯了，该不怕它了。遇上阴天下雨，奶奶必定要去收回稻草人，她怕稻草人被雨淋坏了，就不灵了。

我想留在爷爷的窝棚里过夜，奶奶不让。爷爷也说，荒郊野地的，你受得了这里的蚊虫吗？回家睡，一铺大炕，可以翻跟头。

二

快到周末了，我和老伴儿开始置办去远郊露营的零零碎碎。

跟随女儿在南方大都市生活，满眼是耸立云间的楼群。淹没在潮水般的人流中，在纵横交错的街道、立交上驰行，在转换的红绿灯中等待，我喜欢把生活中的片段定格，发朋友圈，得到好友的点赞，有时还会私聊几句，这样的生活节奏前所未有。

我常常感慨祖辈的坚韧，闯关东，在北方广袤的黑土地上建起了安身立命的家园。父辈们不甘高山峻岭、江水河流的禁锢，走进了县城。迈出的步子不大，却改变了我们的生活。我们这代人赶上最好的机遇，国家恢复高考，改革开放，大学毕业留在了省城。而我女儿在南方沿海城市找到了自己的位置，成家立业。

每次女儿都是微笑倾听，并不接茬儿，她大概怕我借题发挥，提及陈年往事。话题是耳熟能详的，父辈讲过类似故事，甚至父辈的父辈们也曾讲过。当年听父母述说时，总觉得他们年纪大了，被往事锁住了思绪，变得爱唠叨了。轮到我们时，似乎也有了相同的困惑，述说出来总比憋在肚子里好受。待到我再来唠叨，岁月悠悠，飘过了半个世纪。

很多次都想出去减减压，透透气，换一个环境放松心情。计划好了，或者女儿女婿加班、聚会，或者外孙女要临时加一节技能课，就一拖再拖。这次终于要成行，外孙女禁不住欢呼雀跃。

放在角落里的简易桌凳、帐篷、防潮垫、烤箱、木炭被重新激活。我和老伴儿罗列了长长的购物清单：牛羊肉、鸡翅、洋葱、干豆腐、黄瓜、西红柿、饮料……以前多次买过，又多次被放置到冰箱里，用作日常的食材，这次终于不会重蹈覆辙了。

驱车绕出城，一路疾驶，终于到达事先选定地点。路边停满了车，绿地上支起了大大小小、花花绿绿的帐篷。几乎所有的帐篷前都有一个烤箱，各种食材摆放一侧。有人放风筝，有人打羽毛球，有人在吊床上看书，更有团建的伙伴们做游戏、唱歌、跳舞，享受职场之外的快乐。孩子们最开心，在附近嬉戏、奔跑、喊叫。平时被约束在有限的空间里，做自己不情愿的事情，此刻来到早已不似我小时候的大自然中，做个放飞的快乐的小鸟，大开眼界了。

我们觅见一块地界，开始跑马占荒，"修篱种菊"。有的设备第一次使用，要参考使用说明。女婿打开视频，边看边安装，省却了阅读的步骤。生活程序化、简单化了，甚至任何事情都有人教你去做，替你去做。

安装完帐篷，我们为在周围临时建筑群里有自己的空间心满意足，也为自己付出的劳动充满成就感。即便刻意远离城市，也能隐约看见片片工地和塔吊，时隔不久，又会有新的楼群拔地而起了。

外孙女很快和附近的小伙伴熟悉，我们也开始埋锅造饭。与周围的帐篷主人渐渐熟络，借几块火炭，用一块锡纸，换一种辣酱，分一点调料，食材里注入新的元素，似乎也增加了人情味。

酒是必不可少的，不必温，也不必倒入酒壶，斟满酒盅。外孙女喝着叫不上名字的饮料，女儿女婿也喜欢饮品。即便出一个人陪我，也只是倒个杯底，杯子碰在一起，声音悦耳，大家注重的是对仪式的感觉。

三

我经常梦见爷爷的窝棚还在。一望无际的庄稼地里，那处窝棚显得孤傲、庄严，颇具气势。我远远地跑过去，希望看到爷爷，看到插在地里的奶奶精心制作的稻草人。我加快步伐，窝棚却离我越来越远。突然周围楼群林立，高架横亘，车水马龙，阻断了眼前的小路，淹没了庄稼地，也淹没了爷爷的窝棚。其实这何尝不是现实呢，何尝不是社会发展阶段的缩影和快进？只不过窝棚迅速而且永远地消失了。取代它的五颜六色的帐篷，固定在节假日里，在城市边界临时搭建，又迅疾收束，成为一道稍纵即逝的风景。是对曾经岁月的追忆，也是对曾经时光的忘怀。时空交错，物"是"人非。

现代化社会进程，无疑是人类有序迁徙、加速流动的过程，教育、医疗、经济、文化的高度集中，让城市的建筑越来越密集，人们的活动空间却愈加狭小。人们远离了乡村，远离了土地，再想返璞归真，越来越难以实现了。每个人似乎都在寻找"结庐在人境，而无车马喧"的世外桃源，其实只是暂时逃避，求得片刻的安宁罢了。

尽兴抑或未必尽兴之余，满载帐篷、烤箱等户外物资踏上归途。热闹的景象倏然消失，菜品的味道和烧烤的烟气也徐徐散尽，只有老酒的醇香一时无法割舍。我不想就这样走掉。正如儿时爷爷筷子上蘸了酒，其实我是好奇的，想伸出舌头舔舔，那是抵挡不住的田野里的醇香……

矮子清汤

萧遇何

　　小镇不大，但有完整的古城格局，除古城常有的东南西北四个门以外，还有一个水门。城里有很多白墙黑瓦的老房子，是那种有照壁、天井、几进几厢的大宅，一些宅子里甚至连续有几个天井。儿时的我们，常从这个巷子窜到那个巷子，小巷两边都是高高的院墙，灰白斑驳、青苔点点，记忆中虽无戴望舒诗中撑着油纸伞的丁香姑娘，但常有洒满幽深小巷的邻家大婶爽朗的笑声、小贩悠长的叫卖声、孩子们追逐打闹的呼喊声，最难忘的是在冬日的深夜，在南方清冷的寒风中，竹梆子传来的笃笃声，是那么的温暖诱人，至今想起，脑海里会马上浮现一个矮矮的壮汉，挑着清汤挑子，走在漆黑夜里的画面。

　　小镇卖清汤的有几个人，但矮子的最有名，他真名叫什么可能没几个人知道，反正镇上的人都叫他矮子，每次他都开心地应承着，脸上堆满了憨厚、真诚的笑容，永远是一副不生气的样子，可能正因如此，让他在都是熟面孔的小镇赢得了好人缘。

　　矮子那副挑子是祖传的，很有些年头，木框架、铜锅、竹梆子，每个物件无一不散发出喑哑的岁月痕迹和生活的分量。每次矮子挑着担子，外乡人如不留心，从远处看，就好像看见一副挑子从远处自己飘了过来，等走近了，才看见有个人埋在挑子中间，挑子底部离地不过几公分，而且还是把绳子缩到最短的情况下，但本地人看见了都知道，是矮子和他养家糊口的清汤担子。或许是常年挑着全家人生计的缘故，沉沉的担子挑在他肩上，感觉很轻松，随着有节奏的步伐，挑子也跟着上下起伏，眨眼就能走到眼前，而且他常常是一手扶着挑子，一手还得不时敲几下竹梆子。他那挑子设计得很科学，一头是几个抽屉，里面放着包好的清汤和没包的皮子，抽屉下面是木柴，边上还挂着水桶。另一头是直筒的圆铜锅，里面一隔二半圆，一边拿来烧开水、一边拿来煮清汤，铜锅下面烧柴火。挑子上的铜锅边，又是个小案板，拿来搁碗、调羹（小勺）、各种调料，担子起码一百斤，等于把一个铺子全挑在了肩上。

矮子脾气好，话也不多，别人跟他说话，他也只是憨笑，很少搭腔。每次他挑子放下，忙着煮清汤时，小孩子们最爱干的事就是拼命往铜锅下面添柴烧火，偏偏技术又差，只会添柴，不会烧火。小孩子们哪懂柴架空火才旺的道理，以为柴越多火越大，常常把火给烧灭了，拿他的竹吹火筒吹得鼻涕眼泪都下来也没效果，这时候，矮子也不生气，放下手中的活，弯腰抽掉几根柴，拿铁钳拨弄几下，火一下就起来了。

在小镇中学读初二那年，有天晚上顽皮，趁他不注意，我把他的竹梆子偷拿到学校，敲了一晚自习的时间，第二天才还给他，那次他真急了，憨红了脸，话到嘴边却又不知道骂什么，最后只是小声嘟囔了几句，旁人都没有听清。后来想想挺惭愧，把梆子拿走了，矮子怎么吃喝做生意呢？但我一直记得他那个又着急又不会发脾气的样子。

矮子每天出摊很有规律，上午在家劈柴、擀皮、做馅料、包清汤，下午两点以后才出来，只沿着小镇的大街小巷转圈做生意，从不踏出小镇，冬天十点以后就收摊了。夏天乘凉、打牌的人玩得晚，每天都得凌晨两三点收摊，有时生意好，半途还得回家取一次清汤皮。他卖清汤从来不吆喝，只是敲他那个竹梆子，矮子的竹梆子声音悠远特别，具体有什么特别也说不出来，但每次只要他的竹梆声响起，再远的距离，大人小孩都知道矮子来了。其实很多时候大家也不是饿了，只是听见竹梆声，就想吃那一口熟悉的味道，它早已成了小镇居民生活的一部分。只要远远听见竹梆声或看见矮子的清汤挑子，于是小孩跑去找大人拿钱，媳妇大婶拿碗拿鸡蛋，一会儿，就一堆人围着个热气腾腾的挑子，加上矮子头上的热气，那是儿时小镇温暖而漫长的时光。

矮子人缘好，最绝的是他做的清汤：皮薄、汤鲜、味香。所以小镇很多人宁愿等也要等到他的才吃，铁杆粉丝很多。清汤看起来是个简单的小吃，但越简单才越考验手艺，哪里差一点点，味道就天壤之别。清汤讲究皮薄，矮子勤快，皮子全是自己费工夫做的，薄得可以看见里面的肉馅儿，放开水里十几秒就烫熟了。包清汤也有讲究，用一根竹筷子，划一点瘦肉馅儿到叠好的一堆清汤皮中间，迅速粘起一张薄薄的皮子，另一只手托住一捏，一个清汤就包好了，矮子包清汤很快，只见竹筷翻飞，一会儿一堆皮子就变成了一小抽屉清汤。

清汤不像北方的饺子、江浙的馄饨，肉多了反而不好吃，因为皮薄，馅只是意思一下，刚好吃在口中若有若无的感觉，嘴与喉咙想抓又没抓住，就急着吃下一口，一碗下肚，也不会很饱，让你还没有放碗，又有等待下一次的冲动。

一碗清汤十几朵，烫熟后，用竹质的漏勺捞起，放进已经调好汤的碗里，一朵朵浮在上面，再放点香葱花或芫荽，最后他会从一个小瓦罐里，用瓷调羹挖一勺自己熬的熟猪油，顿时，那种勾人的香味，在寒风中肆意开来。有时等的人多，矮子会一字排开几只大碗，每碗多少，一般是不会有偏差的，何况有那么多人盯着，每碗都被付过钱的眼睛迅速掂量过很多遍了。还有家境好一点的人家，自己拿一两个鸡蛋，或就用矮子带的鸡蛋，敲碎打匀后把清汤裹上蛋液，用碗边挨着沸腾的水面，轻轻倒进去，蛋和清汤熟了捞上来还是一个整体，这是讲究一点的吃法。我还是最爱普通的清汤，觉得那才是这种小吃应该有的味道，清汤是吸进嘴里的，皮子入口即化，放了食用碱的面香、猪肉的肉香、小葱的清香、猪油的油香，整个裹进了冬日冷冰冰的身体里又化开。等到把最后一口汤喝完，等身体的每个毛孔都暖和了起来，才心满意足地回家睡觉。

小镇和镇上的人们，年复一年，温暖在矮子的清汤里，在一声声的竹梆声里，度过了一个又一个寒冬，矮子清汤挑子上的风灯和烧锅的柴火忽明忽暗，在深夜的小巷里，踏实、亲切，让远在他乡的游子总能梦见家乡的味道。

甜酒煮粑粑

安　知

"甜酒煮粑粑，吃了笑哈哈。"多年以后，这句民谣依旧用温醇攻陷了我黔东南地区的苗族村落，万物氤氲出玉米香。

偏暗的灶门里，一堆家什热热闹闹地挤在一起，好几张小巧的原木板凳，打磨过春天因此自带包浆，劈好的柴火被整齐地堆放在灶台下，将狭小的空间发挥到极致。屋子角落，除了泥墙上爬山虎一般细小的裂纹，还有三口赭红色的大水缸互相紧挨着，分别囤放着大米、玉米粒，还有满满一缸的米酒。

看着这满满当当的泥房子，外婆感到很安心。这样的幸福，源于历史烙印在记忆里的饥馑，源于炭火里惺忪的火苗，给围坐着火塘的亲人以不竭的暖。

外婆就是在这样一间小小的灶房里酿造甜米酒的。米不是水田里的大米，而是玉米，是自家种下的苞谷。在黔东南各家各户，虽然有人外出务工，但守在农村里的人们或多或少都会在新的一年里保持着一亩三分地的玉米种植，仿佛这是一项扎根大地、证明生命存在所必备的活动。

城里超市买来的袋装玉米面，看似很省事，却比不上村里人自己种植的一粒。

这些饱满圆润的玉米包裹着外婆这些生于斯长于斯的农家人的汗水，吸收了黔东南的雨水和土壤的润泽和滋养。因此，即使是嫁到隔壁广西的母亲，也时常向我们念叨着老家黔东南的玉米。母亲说，虽然雷山和融水一衣带水，但两地的玉米还是有略微味道上的不同的，这些无法道明的细微差异，也是中华文化最动人之处。

农忙结束，母亲带着我来到雷山县的小山村，在小小的灶房里，我看到了小小的外婆。

外婆已年近古稀，虽每次看到她时总觉得她愈渐矮小了，但难得的是，在这样的年纪里她还筋骨硬朗，精神饱满，以及对生活持有一种积极向上的豁达与乐观，仿佛没有什么事情是她无法解决的，仿佛没有什么难处让她发愁。

我和母亲刚到外婆家的时候，外婆正把昨日磨好的玉米面蒸熟。玉米面是放在大铁锅里蒸的，酿造甜米酒需要的玉米面量大，所以一般的电饭锅不适合。外婆还说，把玉米面放在蒸笼里，用灶台烧火蒸熟，这样的甜米酒会更好喝。"柴火"烧饭，饱含深意，其中不仅是木柴烧饭的工序繁杂，还含着某种怀旧恋乡的意味。

在外婆家烧木柴熬煮甜米酒，并没有过多的怀旧，而是一个镌刻在血脉里的平常日子。一揭大锅盖，玉米的香味就直涌入肺腑，眼前是腾云驾雾的烟火日常，胸中是暖香四溢的舒服与畅快，如同被一双温热的手轻轻地抚摸着，抚平了心中的烦躁与焦灼。

在开锅之前，母亲会默契地把一个圆形的大簸箕洗好，晾干了水。每年秋收之后，选择酿造一锅甜米酒，已成为外婆和母亲之间一种无须言传的仪式。

外婆说到的和不曾说出口的，母亲都能感受并理解。母亲把两个圆簸箕摆在沁凉的地板上，这是泥房子的"空调"——冬温夏凉。这样无言的传承，是那被我推开的一扇小门，是吹过灶门的穿堂风。外婆和母亲配合着把蒸好的玉米面倒进簸箕里，将粘成团的玉米面匀开，让热水汽挥发。如此玉米面能散硬些，让酒曲能搅拌均匀。

撒酒曲，看似简单却颇讲门道和经验。外婆用手背"量"玉米面的温度，然后把赶圩时购买的酒曲撒入其中并不断搅拌使之均匀，这样甜米酒才能发酵得更快、更香。这事儿很是考验耐心，看不到一会儿我就溜到河堤上听老人们讲"古"去了。

而当我问起，要放多少分量的酒曲时，外婆只道，就这样放就行。

是的，像甜米酒这样在我国民间传承千年的手工技艺，并不是一尺一秤能量出来的，它在"些许""适量"等量词间打破了"标准"，更多的是人生经验的积累和文化底蕴的传承，它不可复刻，也无法简化成一套"放之四海而皆准"的方程式，因此，各家各户出现独一无二的"家的味道"。

在外婆匀玉米面的时候，母亲并没有闲着，她把即将用来囤放米酒的大酒坛子拿到河堤上清洗。到河堤上清洗什物的不单单有母亲，还有村里其他的老乡，她们或是在忙着洗去竹篮上的尘埃，这大概是要做年糕了；或是在洗几张翠色的芭蕉叶，这定是准备做糍粑了。根据她们清洗的什物，大家一眼就能知晓各家各户都要做些什么吃食。

河堤是老乡们情感交织的结。它可以热闹非凡，也可以相对无言。不变的是流水从河滩冲下，在这里打出一个个水旋儿。

待母亲洗好了酒坛子，外婆也恰好把玉米面与酒曲全部混合搅拌均匀。酒坛子倒扣放在通风处晾好，不到一会儿，里面的水汽就挥发干净了。

这是大自然的力量，也是雷山世代居住于此的祖辈们的智慧闪光，他们熟稔于雷山每一条河流的脾性，知晓每一缕风吹来的温与凉，他们深谙一株稻穗的弯腰是需要人类弯下相似弧度的腰才能换取的，他们听风辨雨，以树叶的抽芽速度辨识耕种的日子，而此时吹过灶门的风，吹来了水落石出、深藏不露却暗暗浮动的玉米香。

外婆看到我沉醉地闻着玉米面的香味，不忍笑道：待会儿蒸些苞谷，让我的宝贝外孙女尝尝。

酒坛子晾干了，外婆和母亲就将掺了酒曲的玉米面装入坛中发酵。我在一旁则是帮忙拾捡起粘在簸箕上的玉米面。以耕种为主的黔东南人，或者说每一个喝着云贵高原的雨露长大的雷山人都明白"谁知盘中餐，粒粒皆辛苦"的真正意义。点滴之间，最为纯善。

玉米面入坛也很讲究。外婆说，玉米面之间要留出柱状的空隙来，不能瓷实得像是被车轮反复碾压过一样，这样酿出来的甜米酒就不会有水的味道。玉米面装完后，需要依次在坛子口铺上一层透气的纱布和保温布，以确保玉米面能正常发酵，最后再盖上一块厚厚的石板，"封坛仪式"才算正式完成。

这时候的外婆并没有停下来歇息，而又开始忙碌着收拾地上的簸箕了。她说，如果簸箕上的黏着物发硬，就更不容易洗净了。我则与母亲一起把发酵坛搬到屋子的角落，整齐排好。

万事俱备，发酵的过程就交给时间了。

小小的灶房里，角落更小了，又小又暗。其实灶房是有窗户的，雷山县最常见的木质开合窗户，红色油漆大手笔地喷涂在上面。阳光直晃晃地照着它时，就是窗户的高光时刻，红得令人动容。

然而，即使是三开的窗户设计，也依然抵挡不了朝朝夕夕、长年累月的烟熏火燎。

外婆也正是在这样年复一年的烟火里积累自己，成为母亲返回雷山的一颗启明星，成为我追根溯源的一个指向。

昏黄的，除了西下的夕阳，还有这扇红色的木质窗户，而窗户里的人家却在认认真真地对待着生活，在认真地过着每一天。

随着夜色的一步步靠近，昏黄色就逐渐变得浓稠了。类似一沟流到一半却被堵塞了的水渠，咕咕噜噜，像小孩的梦呓，没有章法，寻不到节奏的痕迹。

日子，就在太阳东升西落的远与近中过去了。

待我和母亲再次回到雷山的时候，已是酒酿发酵完成，将要进行蒸馏了。对于七十多岁的外婆而言，这并不是一件轻松的事儿。在这样有着某种隆重仪式感的事情上，她早已打电话告知我母亲，因为她知道母亲正缺这么一碗甜米酒，才能在夜间安然入眠。

是的，母亲也已是知天命的年纪了，操劳了大半辈子的她，在这个年纪上不得不面对各类风湿病、肌肉劳损，而这碗甜米酒，则是治愈其病痛的绝世良药。

甜酒香一点点拉低了太阳的光芒，熏黄了夕阳洒落下的余光，日色近了，又远了。灶门里，那抹着一层鲜黄色的泥墙，在酿酒的甜香，冬日烧柴的木头香，一日三餐的饭菜香味，外婆与外公的欢笑声中，渐渐泛出时间的模样来。

我们把出窝的甜米酒送至邻居亲友的家中，然后在"白酒泡，苞谷饭"的夜色里哼着山歌慢悠悠地走回外婆家。

青菜青

徐　源

十一岁时的那片菜园，在离家一里路的岩坑脚，那儿有一条小溪，流水洗涤着云朵、蛙鸣，每当我赤脚踩进溪里，流水总想把我的影子带走。父亲去世，母亲外出务工，菜园成了我唯一的依靠。菜园土壤稀薄，很瘦，里面种植的全是青菜，它们生长得比我还艰难。

青菜不是白菜。青菜青，青戊之青，而它从未埋葬过岁月；青菜青，青离之青，而它从未幻想过远方。在乌蒙山里，刚出土的青菜俗称"青麻叶"，两个月后，长成的青菜叶上带有针刺状的茸毛，菜叶粗糙，不像白菜叶一样细嫩，菜薹苦涩，也不像白菜薹一样甘甜。

我喜欢食青菜，十一岁时，青菜有两种吃法，一是做火锅煮熟八分，保留其原有的淡淡苦味，食后令人肠胃舒畅，所谓火锅，其实只是洋芋煮青菜而已；另一种吃法是把青菜做成酸菜，先在清水里煮熟六分，洗净，装入土坛，再往坛里加入面汤水及少量酸本，把坛放在火炉边，经一天一夜发酵，便成了酸菜，然后，把它从坛里抓出，切细，和进煮好的花豆汤里便可食用。在乌蒙山，青菜做的酸菜是最好的，其次是油菜和萝卜菜，最后才是白菜。

青菜淡淡的苦涩，与我的童年多么相似。记得有一次，我在煤油灯下学习，不小心弄翻了灯，煤油洒在洋芋上，舍不得把它丢掉，第二天，洗净后和青菜煮在一起，刚下筷，就发现整锅汤里全是煤油味。还是舍不得把它倒掉，强忍着吃完，接下来，拉了两天肚子。

每当我到菜园里割菜，跨过小溪，便看见那古老的岩坑像一张大嘴，它仿佛在呼唤我，但没发出任何声音。一年四季，我都在菜园里种菜、割菜，种下了新的岁月，割掉了逝去的日子，菜园伴随我度过漫长的童年。

多年后，还是在那条溪边，流水终于带走了我的影子。

我怀着热情与才华离开故土，来到城里，本想好好干一番事业，却不知只是在汹涌的人潮中疲于奔命。许多事，明知不可能成功，仍苦苦努力，人生忙碌，让我忘却了青菜。

因生活无规律及食用太多垃圾食品，八年前，我突发急性阑尾炎，痛得难忍，被紧急送到医院，差一点肠胃穿孔，酿成大难。老家的人们听说我住院，半夜驱车赶进了城，直到我从手术室里平安出来才陆续离开。割掉阑尾，住了一周才出院，然后回到老家休养。

我踱着步子来到小溪边，流水不变，只是人无再少年。我看着流水发呆，看久了，好像它们都流进了我的眼眶里。我寻了一会儿，也没找到那块半亩见方的菜园，只见干瘪的岩坑旁矗立着一栋楼房，风吹着我的衣衫，我的心一下子凉了许多。

回到老屋，我告诉家人，我想吃青菜。

家人一脸愕然，这几年，乡亲们很少种青菜了。不过，他们还是放在了心上，中午顶着太阳，跑了好几家邻居，才勉强找到两棵青菜，怎么劝，也不收钱。于是，又是一阵忙碌，找来生姜、西红柿、白豆腐，为我做了一个青菜三鲜汤。

家人只知青菜含有膳食纤维、维生素C等多种营养素，却不知对于我来说，青菜含有我难忘的童年及对乡土的回望、反省。

先喝汤，再吃菜，那股淡淡的苦味，通过我的味蕾再次涌上心头。青菜，不管时间如何流逝，味还是那个味；故土，不管时代如何变迁，情还是那份情。

在城里，很难买到青菜。

到超市里买青菜，服务员会指着一堆白菜告诉你，那就是青菜；到菜场上买青菜，卖菜的商贩也会指着一堆"瓢儿白"忽悠你，那就是青菜。也许，城里人是分不清青菜与白菜的。

青菜不是白菜。青菜青，青草之青，它虽然平凡，但从未改变过纯朴的初心；青菜青，青铜之青，它虽然免不了世俗的浸染，但从未剥落过理想的锈屑。

从一座城市奔波到另一座城市，我当过有证的教师和记者，写过无用的书法及诗歌，从一名农村少年变成了一名愤世的小文人，常静思，偶获奖，出版过一些诗集、散文诗、小说集，辜负了时光，浪得了虚名。

当我生活在浮躁中时，我常常怀念青菜，只有它能让我在繁杂、叵测的人世间安静下来。

一天清晨，我走在菜场路口，看见一位老人挑着一担菜，正在城管的吆喝中默默地离开。那是一担青菜，是的，那是青菜。我跟着他转进了一个巷道，对他说，我要买青菜。老人身材瘦小，皮肤黝黑，满脸皱纹，他看着我，满是惊喜，然后自言自语地说："所有人都向我买白菜，但这是青菜，不是白菜。"

菜很好，一些叶上还卧着懒散的蜗牛，它们一动不动，仿佛在享受着清晨的阳光。菜叶上密布着细小的虫洞，证明它们没受过农药的侵害，菜健不健康，虫子说了算。

老人是城郊的农民，菜是自己种的，他七十五岁了，有两个儿子，都先他而离开了人世，儿媳们离家出走后，留下一堆孙儿靠他和老伴照管。

当我把钱递给他时，我触到了他粗糙的手。这青菜叶一样的手，它抚摸过生活，抚摸过悲欢，这才是真实的手。

青菜对我来说，是情结，更是情怀。

我的一位厨师朋友知道我喜欢食青菜，专门为我研究了一桌青菜谱。早年，他乐于打架斗殴，常被请去吃牢饭，后来年事稍长，江湖把锐气磨了一大半，他便外出务工，做起了正经事，攒了一些钱回来开了这个小餐馆。在这座庞大的城市，他的小餐馆虽显得寒碜，但主要客源为民工和学生，加上味道好、分量足、收费便宜，所以生意还算红火。

在热菜上，他为我制作了两道菜：青菜炒肉丝，青椒炒青菜；在汤水上，他也为我制作了两道汤：青菜煮豆腐，菜青煮瓜儿；在凉菜上，他还是为我制作了两道菜：水豆豉拌青菜，折耳根拌青菜。

这些都是家常菜，不用教，自己在家里也会做。他给我特别强调了青椒炒青菜和青菜煮豆腐，青椒炒青菜是"青"上加"青"，他希望我们不仅可以做好朋友，还要做一辈子的好弟兄；青菜煮豆腐是"青""白"人生，他希望我们踏踏实实做事、清清白白做人。

对于这个菜谱，他不是说在嘴上，他真的为我做了这么一桌菜，我们俩在他的小餐馆里边吃菜边喝酒，一直喝到凌晨两点，实在喝不下了，他老婆便把他架着扔在简易床上休息，我则左一脚、右一脚，踩着深夜稀疏的灯光回家。

这顿酒之后一年，他患上了鼻咽癌，我本以为，他会在几个月内迅速死掉，没想到，他咬了咬牙，一坚持就是五年，如今，活得好好的，一给我打电话就哈哈大笑，仿佛他嘴里堆藏着无尽的阳光。我知道，他想把对生命的这份豁达传递给我。

人生，哪有不苦的？生命，哪有不贱的？在这苦中，在这贱中，我们仍在一条未知的路上义无反顾地走着，我们如此相信自己，是因为我们心中保持着对人生、生命最初的向往和虔诚的祝愿。

这初心，或许就是我们内心深处本真的"青菜"，它来源我们或人类幼小的灵魂。

我想，我终究是要回去的，回到故土，重新开辟半亩菜园，种植月光、种植回忆，种植一年三百六十五天的风声。那时，我的儿女们在远方，我将给他们寄送亲手种植的青菜，让他们食着这淡淡的苦味，想起我，想起一座沉默的山，想起他们的根。

我还将在信中告诉他们：青菜不是白菜。青菜青，青鸾之青，不管风雨，它也要为生活高唱赞歌；青菜青，青史之青，不管贵贱，它也要留下一些真诚者的名字。

昨天，母亲在老家的柜子里，翻出了一张老照片，十一岁那年，我曾坐在一棵树上，双手握着丫枝，希望树像一只鸟，能带着我飞出乌蒙山。

三十年后我才明白，喜欢食青菜的人，一生忘不掉泥土；把乌蒙山装进心里的人，一生走不出乌蒙山。

湖底之眼

黄国跃

我是一双眼，一双湖底的眼。

此时，我那枯涩眼窝里的眼珠什么也看不清。眼底的玻璃晶体比昨天又浑浊了许多。忽然"吧唧"一下。我感到有一双中码加厚的运动鞋狠狠地踩在我的"眼眶"上，然后又迅速地缩了回去。这让我眼眶下眼睑处一阵钻心地疼……大概又要留下一道深深的凹痕啦。不过还好，比起昨天黄昏时那个高大威猛、身背摄像包的男士来说，这一脚算是温柔许多了。

我不是"一双眼"。

我只是湖底的两个紧挨着的小水函。因为一场几十年未遇的干旱。这个叫作黑石岛的地方，曾经碧波万顷的湖水迅速退去，大片宽阔的湖底也随之显露出来，远远看去，像深深浅浅的海湾滩涂，原先一些水草丰茂的地方，又像是草原上的草甸子。在湖底更深的低洼处，还残存着一些尚未完全干涸的湖水。准确地讲，那其实只是一些小水函。

我们就是彼此紧挨着的两个小水函。

两个水函大小正好差不多，彼此平行相邻，中间隔着的土坎像"鼻梁"一样隆起，正好把两个水函对称地分开。从空中往下看，犹如一双睁开的"眼睛"。水函里的水已几近干涸。水函中间，有一些零散的、漂浮在水面的水草依稀可辨，如同老人浑浊的眼底视网膜。而水函的周边，是褐色的一块块龟裂得已经半干的软土，像老人低垂而松弛的眼睑，长满细密而排列整齐的脂肪粒。

　　也不知是谁，最先发现了这个"眼睛"之秘。

　　有好事者把这两个"眼睛水函"，取了好几个好听的名字，什么"大地之眼"之类。于是，每天从早到晚，许多有钱有闲的大爷大妈，纷纷邀约驱车前来，纷纷用无人机按自己的理解拍下这个独特的场景。这里很快成了无人机航拍的网红打卡地。虽然这里地势偏僻，并且没有在主干道上，但仍然挡不住他们孜孜不倦的打卡热情。

　　天空渐渐地暗了下来。今天的最后一拨航拍摄影人，收纳起他们的无人机，驱车匆匆离去。湖滩恢复了宁静。等天完全黑下来，白天被暴晒了一天被黑夜包裹起来的"双眼"，此时舒缓了许多，像戴上了舒适的眼罩，"眼底"湿润了许多。此时天空居然飘起了几滴雨，我不会眨眼睛，但我能感觉到这种湿润带来的舒适感……

　　虽然我们这双即将枯涸的"眼睛"，眼下多么的无助无望，但这个叫作黑石岛的地方，却并不是无名之辈，它有着显赫的身世，还有着一个特别美丽的名字，它叫红枫湖。

　　在贵州，红枫湖的名气是很大的，它不是一个天然湖泊，实际上是一个很大的人工水库。

1958年，在位于贵阳西郊20多公里的清镇市，因需要建一座大型水库，满足这一带及周边地区农业生产及其生活用水的需要，红枫湖水淹区的近百个村寨的村民，献出了他们世代生活的良田沃土近七万多亩，房屋万余间，经过异地搬迁或就地迁移，才成就了这片"高山峡谷出平湖"的壮美。它被赞誉为省会城市贵阳的高原明珠。

由于红枫湖湖面水淹区分布近200公里，在丰水期时，形成了许多彼此相连大大小小的岛屿、半岛。湖面按水域位置、面积大小又分为南湖、中湖、北湖。其中连接南北湖之间的中湖最具观赏性。在中湖狭窄的两岸之间，岩深壁峭，山势险峻，景色最美，每到秋天，两岸开满了漫山遍野的枫叶，红枫湖也因此而得名。现在湖上有"老桥"、"彩虹桥""花鱼洞"（老、中、青）三座大桥横穿而过，是贵阳通往西部的重要通道。

这时候的红枫湖，大气壮美又优雅多姿。碧波荡漾的湖面，船儿时而在宽阔的湖面极目眺望，时而在"峡湾"般的湖面宛转而行，仿佛是在一座座"盆景的山峦"之间游走。贵州特有的喀斯特地貌，使得红枫湖沿岸又有许多奇异纷呈的溶洞，这些岩洞内，形态各异的钟乳石令人眼花缭乱，有的金碧辉煌，有的洁白如玉，宛如一座座珠光宝气的地下宫殿，其中尤以"将军洞"和"打鱼洞"最为有名。临岸岩壁的色彩造型也特别的丰富，颜色多以清灰和棕色黄为主，它们排列有序，一片片向上有序堆积的岩片，远看有如一册册浩瀚的典籍。阳光下，沿湖的岩石直插碧水之中，仿佛默默地诉说着古老沧桑的历史。

红枫湖的意义，对其周边地区来说，不仅是水源的依托地，更是一种人文精神的寄托。这片山水，有着丰厚的历史底蕴，也是贵州一个极有历史感的地方，曾经作为一方要塞领地，迄今已经有六百多年的历史。

据说，在明朝洪武年间（1368—1398），征战云南回师的明军万余人在明威将军焦琴的统领下，在这一带实行了军屯，现红枫湖镇的中一、中八、右二、右七、后五、后六村、刘官堡、龙井堡等地都是昔日屯军的驻地，也留下了像芦荻哨、小关堡、营盘、石城等这些具有军事意味名称的遗址。这个原本的不毛之地成了物产丰盈的乐土。

如今的红枫湖，早已成为贵州青山绿水的标志性地标。

端午节将近，干旱还在持续，但在早晚的空气中，明显开始有了些许清凉的味道。如果预期中的"端午水"能够如约而至，或许这个夏天我们这双"眼睛"便会重新浸润在碧波的滋润中了。"端午水"成了我们保住"眼睛"的最后一线希望。

老天似乎没有让我们失望，我们终于等到了拯救我们生命的"端午水"。

这一天，天亮得有点晚，虽然天边的光线已经亮得有些刺眼了，但头顶仍然被厚厚的乌云遮蔽着，依旧黑暗如渊。风很大，厚厚的云却丝毫不动，它实在是太厚了。此时，远方隐隐约约似有雷声响起，渐渐地由远及近，原来是汽车马达的轰鸣声，明显没有昨天那几台越野车雄浑而澎湃发动机的声音来得"儒雅"。一台双排座农用车沿着干枯的湖床驶来，停在搁浅在湖床上的一只小船旁，车上下来两个人，看样子是想要拉走小船，可能是要将小船重新转运到还有水的湖面。因为小船搁浅的时间太久，差不多有一半的船体陷在了湖床的泥里，两人不停用工具费劲地疏浚着小船周围的泥土。

这时，天边的雷声又响了起来，由远及近，一阵连着一阵，沉闷而坚决。这两人抬头看了看天，似乎有点犹豫了，两人似在商量着什么。

刚过中午，终于开始下雨了，只是零零星星地打着雨点。农用车"突突突"的马达声又响了起来，与雷声混合在一起，倒也和谐。这两人终是没有将小船拉走，来时啥样，走时也啥样，连马达轰鸣的节奏都没有变化。

雨点虽然稀疏，但雨滴大粒大粒的，特别有劲。打在我们的"眼眶上"将微尘溅起，在我们的"眼睛"周围形成了一道"土圈"。又过了一阵，雨渐渐密集起来，此时天空完全暗了下来，虽然是下午时分，但看上去却似到了晚上。雨越来越大了，又从瓢泼大雨转成了倾盆大雨，风也越来越大了，整个天空风雨飘摇，分不清是雨在风中，还是风在雨中。很快，我们"眼眶"几处松软的地方，被大雨冲出了几道沟壑，雨水汇聚而成的水流沿着沟壑，自上而下对着"眼窝"冲了下来，很快就填满整个水凼。我们整个"眼睛"又重新躺在了浸满湖水的世界里……

又过了不知道多久，"眼窝"（水凼）里的水越来越多了，已经漫过水凼与更大的水面汇成了一体，成了湖面原先的样子。雨还在下，整整下了一晚，雨滴的声音渐渐变小，这是因为湖水的深度也越来越深了，我们仰头依稀能够看见雨滴的影子，也能够感受到雨滴打在水面的微微震颤。我们知道，此时，红枫湖一定"昨日重现"了。

天亮了，雨虽然没有停，但显然温和了许多，我们头顶上的水经过一夜的沉淀，也渐渐变得有些透明起来。这时，似乎远处有轰鸣声传来，但明显感觉不像是雷声，一定是昨天的那两个农人，开着他们的农用车，来看那条此时一定漂在湖面上的小船吧。

我们的"眼睛"消失了，又成了红枫湖水底湖床的两个小洼地。

点心、白馍和大米饭

杨军民

　　我的老家在陇东一个小县城边上，饮食以面食为主。在我童年的记忆里，每天不是吃搅团、饸饹，就是面鱼儿，发糕是我们的零食，这些都是玉米或高粱面食品。奶奶早些年在大食堂做过饭，厨艺在村里有口皆碑。那时候的好厨艺和现在好厨艺是不能同日而语的。现在食材丰富，要啥有啥，考验的是厨师的技艺。那时候，白面很少，肉基本谈不上，缺油少醋是常事，做厨，更需要智慧。

　　奶奶在做厨方面是有智慧的，玉米面发糕出锅的时候，她会把我和妹妹喊到跟前，一人给我们一根白线绳，嘴里半吟半唱："黄馍馍，白线线，一刀金，二刀银，三刀上了瑶池席！"她拉着我或妹妹的手，以绳代刀，一绳子一绳子切下去，发糕就变成了"井"字形的小方块，我和妹妹一人捞起一块，还真吃出了王母娘娘瑶池席上的味道呢！

　　奶奶还有个绝招，能用杏仁炒菜，她把去了壳的杏仁装在一个大药瓶子里，放在厨房的架板上。用的时候，从瓶子里倒出一些，用擀杖碾碎，放在锅中，用慢火干炒，等满屋子飘荡着苦杏仁味儿的时候，奶奶用小笤帚把锅里的杏仁渣扫出来，锅底就黏附着薄薄一层油，奶奶把葱花放进去炝锅，开始炒。

我的大姑父在县供销社工作，是家里唯一吃公家饭的人，他每次来都是一次节日。村巷里由远及近传来"丁零零，丁零零"轻快的自行车铃声，一定是他来了，他戴着上海表，骑着飞鸽牌自行车，白衬衣的两个衣角迎风飞翔，像一只欢快的小鸟。有时候车后座上坐着矮矮胖胖的大姑，有时候是他自己来。大姑父对奶奶极尊重，隔一段时间就要来一次。奶奶穿上了她那件过年才穿的藏蓝色的大襟衣衫，头发梳得一丝不苟，在脑后绾着一个髻。她早早就张罗着给姑父做饭，尖尖的小脚在屋子里利索地走来走去。这一顿饭，她不会用杏仁，她把筷子头伸进清油瓶子，蘸一下涂在锅底，再蘸一下，第三下的时候，她犹豫了一下，终于还是蘸了。姑父进门，把带来的大包小包的东西放在炕沿墙上，和奶奶打过招呼后，就坐在炕上看奶奶做饭，或者躺在炕墙边睡觉，头朝里，脚朝外。

姑父睡觉的时候，我和妹妹就溜进屋，蹲在炕沿后面，把手伸向点心包。奶奶后脑勺上都长着眼睛，总能及时把巴掌拍在我们的手背上，奶奶多次教育过我们，让我们懂规矩，不能当着客人的面儿打开礼品包是家里的规矩之一。我和妹妹总是盼着姑父来，来了呢，又盼着他尽快走，走了我们就可以吃好吃的了。父亲是巴不得姑父多待一阵子的，知道姑父来，他早早就下了工，在代销店打来散酒，两个人坐在炕上，就着奶奶炒好的菜，就喝上了。几杯酒下肚，姑父的脸上就爬上了两朵红云朵。"妈，妈，你就是我的亲妈！"他亲切地喊。

姑父说他的母亲去世早，他就是喜欢看奶奶做饭，就是喜欢吃奶奶做的饭菜。奶奶的眼睛亮亮的，给他夹菜，劝他："爱吃就多吃，少喝点，少喝点！"

好不容易等到姑父走了，奶奶打开点心包，从里面拿出一个点心，一掰两半，递到我和妹妹手上，剩下的通通锁进了柜子。奶奶的那个上翻盖的黑柜子像个聚宝箱，成了我和妹妹无比向往的地方。后来我才知道，那里也是父亲和母亲向往的地方。

那年六月，南山上的杏子黄了。姑父自行车的铃声又在村巷里"丁零零，丁零零"响起来了。姑父进门的时候，我正在院子里磨石边砸杏仁。他跟我打过招呼后就进了屋门，和奶奶拉话。我捧着一手掌杏仁，满心欢喜地进了屋，对奶奶说："奶，炒菜！"我以为奶奶会表扬我，谁知她一下变了脸："炒啥菜，炒啥菜！"接过我手上的杏仁，放在柜盖上，顺手在我的屁股上拍了一巴掌。我委屈得"哇"一声哭了。坐在炕上的姑父眼珠转了一下，跳下炕，把我搂在怀里，从点心包里拿出一个点心塞在我手里，我第一次在客人没走前吃到了礼品。下一次姑父来的时候，礼品里多了一小瓶清油。那一天晚上睡觉前，奶奶去了我和父母住的窑洞，听到奶奶的小脚咯噔咯噔的响声，我假装睡着了。奶奶摸了摸我的头，对母亲说："今天把娃委屈了，他姑父在呢，娃说用杏仁炒菜呢，丢人的！"母亲说："打就打了，儿子娃娃么！瞎事变成好事了呢，他姑父给了一块点心，把娃高兴坏了，舍不得吃，给他爸、我和妹妹都掰了一块呢！"奶奶又在我头上摸了摸："娃乖得很！"奶奶出去后，母亲手在我头上摸了很久，我就真的睡着了。

母亲有习惯性流产的毛病，生了六胎只生下了我和妹妹，母亲怀最小的孩子的时候，我已经记事了。正是青黄不接的时候，家家粮食紧张，大家都吃不饱，母亲对父亲说，有口吃的就好了，饿得心慌。赶上奶奶去姑奶奶家，父亲撬开了奶奶的黑柜子，他原本以为奶奶的柜子里会有很多食品，结果只发现了一个点心包，里面只有两块点心。父亲把点心包拿给母亲，跪在了柜子前。下午奶奶回来，看见了撬开的柜子和跪着的父亲。奶奶气得浑身哆嗦，父亲开腔了，父亲说母亲实在饿得受不了，再不吃点啥恐怕肚子里的娃还是保不住。奶奶没再说什么，来到了母亲的屋子。点心包好好地放在柜子上，尽管很饿，母亲还是没敢吃父亲"偷"来的东西。奶奶掏出一个点心递给母亲："是我老糊涂了，为了肚子里的娃，吃吧！"母亲感激地把点心掰开，一半自己吃，一半给了奶奶。奶奶把点心放进嘴里的时候，说："原来点心这么好吃啊！"姑父这些年带来的点心，除了一些渣子，奶奶连一个囫囵的都没吃过，大伯家、小姑家的孩子不少，日子紧紧巴巴的，奶奶都周济两家的孩子们了，因怕我的父母不同意，是偷摸给的。吃着点心，母亲和奶奶都流了泪。父亲跪了一整夜，月光照在他的脸上，白沙沙的，谁叫都不起来，这是他这一辈子唯一的一次溜门撬锁，撬的是奶奶的锁。

母亲肚子里的孩子还是没保住。就是在那一晚，母亲和父亲有了一个愿望，他们要好好努力，让老人和孩子顿顿都能吃上白馍和点心。没多久，大队培养赤脚医生，母亲报了名，通过培训实习后，成了村上的赤脚医生。土地联产承包让家里的日子打了一个翻身仗，父亲铆足了精神把承包地里的庄稼侍弄得很好，那时，奶奶已经瘫痪在床。父亲从地里回来，坐在她跟前，说一天的劳作，劝她："妈，你好好的，等收了麦子，我让你饱饱吃一顿白馍！"奶奶应着，还是没挺住，麦梢子发黄的时候，她走了。那是父亲生命中最大的一个丰年，父母把新麦面馍馍祭在奶奶的坟头的时候，痛哭失声。

我小学五年级那年，家里在居民点上盖了土坯房，全家从窑洞搬进了新房子。房后邻居家的男人是老牌大学生，在省委地质队工作，日子过得很富裕。他们请了几个浙江师傅在家打家具，敲敲打打的声响惊动了母亲，母亲过去一看，人家那家具打得又轻巧又漂亮，一比，我家的家具都得扔。母亲对女邻居说家里有些木头，她也想打一件家具。女邻居很爽快，说她家的坛场已经摆开了，让父母把木头拿过去，她家的打完了接着给我们打，不过我们要管匠人的饭。浙江师傅爱吃大米饭，母亲到市场上买回了银川大米，一连几天，顿顿都蒸大米饭。大米价格挺贵的，要先紧着匠人吃，多了我和妹妹吃，最后才能轮上母亲和父亲。

大米饭入口筋筋的柔柔的，有一股淡淡的米香味，如果浇上带荤腥的汤水，味道就更好了。母亲太喜欢那个味道了。家具打完后，母亲试试探探地对父亲说："他爸，要不咱买点大米搭配着吃，成天吃面食胃难受的！"父亲瞪她一眼："我看你是福烧的，以前白面都吃不上，现在成天都是白馍馍，花那钱干啥？"母亲就不言语了。

承包地里的粮食连年丰收，母亲又自己开了诊所，家里的日子一天一个样，家里的房子翻修成平顶房后的一天，母亲从市场买回了一大袋银川大米，蒸了多半盆米饭，又炒了好几个菜。"吃，好好吃！"饭桌上，母亲说，"以后家里的饮食习惯要改一下了，一顿米一顿面搭配着吃。"那时候，我已经上初中，妹妹也快小学毕业了。饭桌上，母亲说咱们现在吃喝都不愁了，如果家里能出个大学生就更好了。后来我上了中专，妹妹上了卫校，虽然都没上成大学，但离母亲的愿望已经很近了。

家里把平板房加盖成小二楼的那一年，我的儿子考上了大学，那是我家真正意义上的第一个大学生。母亲把电话打过来，问孙子想吃什么，奶奶给他做，要不就上街，奶奶请客。现在的孩子，该吃的都吃过了，孩子一时想不起来想吃什么。母亲说，那就慢慢想，想好了告诉奶奶。还没等孙子回复她，半个月后的一天，母亲突发脑出血去世了。

母亲以一个医者的身份在村里走了半辈子，全村的大人娃娃都来了，大家一边忙活着，一边谈论母亲的好人品和她的一生。往供桌上献饭的时候，献完了鸡鸭鱼肉，父亲让我儿子特意给献上了三个碟子，一碟子老式点心、一碟子白面馍、一碟子白米饭。

出完殡，在答谢宴上，父亲讲起了点心、白馍和大米饭的故事。那是个中午，太阳白花花的，酒席的帐篷是敞口的，大家不约而同地望向村巷，他们似乎看见母亲手里端着一个装着针管针头的铝饭盒，从岁月深处一步步过来，饭盒里传出细密的叮当叮当的响声。

醋炭石

杨恩智

噗的一声，瓢里腾地冒起了一团烟雾。

雾气如笼，又如纱，罩住了那瓢，随即又罩住了母亲的大半个身子。母亲端着瓢，开始急急地在屋里走。就像她的手里捏着那些烧得通红的石头，烫得忍受不住，想要赶紧找地方甩丢出去。她还一下一下地把手里的瓢举进一些角落，像是要试探能不能丢在那些地方。她倾斜着身子，扭动着腰肢，一手向前举着瓢，一手像鱼控制方向又保持身体平衡的尾，拖着在后。

跟在母亲身后，我闻到了一股潮湿的味道，酸酸的，涩涩的。

母亲似乎一直都笨拙、都稳重，无论是她挥舞锄子的时候，还是背着一背什么走在山路上的时候。就是她为我们缝补衣物的时候，为我们做菜做饭的时候，喂养我们家那些牲畜的时候，她也是那样的笨拙和稳重。

一生都过得那般沉重的她，在打这醋炭的时候，我看到了她的身轻如燕。

她这样子，像极了我后来看到的舞台上的舞者。后来看到舞台上在烟雾中翩翩起舞的舞者时，我就想起了那时候的母亲。

母亲急急地在堂屋中绕了一圈。她似乎还在急急地念叨着什么。

母亲在世的时候，我们家居住的房子一直是那间用泥土夯就的土墙房。堂屋的后面，用板壁隔有一房间。母亲进到里面去的时候，我没有跟着进去。我只站在门边探着头往里看。里面不仅摆了两张床，还杂乱地堆着一些粮食和口袋等杂物。里面可以行走的地方，太过狭窄了。母亲一个人进去，都得择地儿走。但母亲走得又是那么急。慌不择路的她，差点因为脚下踩到的那个洋芋滑倒。

我的目光，就像是把我和母亲紧紧拴在一起的绳索。那是柔软的绳索，那是可长可短的绳索。那又是不能弯曲，连个拐都不能拐的绳索。

脚步过不去的地方，母亲就探着身子，举着手，将瓢送过去。

一举一送，都是那么轻盈和优美。

母亲转回身来了。她就要出来了。我赶紧缩回身子，呼地站到门边给她让路。好像慢上那么一拍半拍，我就会让母亲不再那样轻盈、那样优美。

我多希望母亲就那样一直轻盈和优美下去。

我知道，那瓢里的石头是三个。它们都不大，比鸡蛋都小。那是我去村前的小河里捡来的。过年这时节，小河里的水大都只有细细一沟，或者薄薄一席。只有在雨季，它才会有滔滔的水，汹涌的水，肆虐的水，才会有不但能卷走岸边的庄稼，还能卷走村里的生命的水。过年这天，没有谁家大人担心我们这些孩子去河里捡醋炭石会被河水卷走。要捡到那三个满意的石头实在不易。走在河床上，我们都只顾埋头寻找，像我们自己已经在河床上落下了什么。感觉某一个不错了，就弯腰捡起来。捡起来觉得不满意，也就毫不犹豫地丢了。

这个时候，石头，就只是石头。它们那么普通地躺在河床上，不知躺了多少年月。或许，又是上一个雨季，才被洪水从什么地方冲来。

石头变得不再只是石头，是母亲把它们从火里取出来后。它们不再是青色的了，也不再是灰色的。它们是红色，火红的红色。红里，还透着一种白。仿佛，还有那么一些透明。变了色的它们，一时离我那么远起来。我不敢再触碰它们。而这不敢触碰，又并不是因为它们的烫。

当母亲将碗里的醋泼洒上去，在哧哧或者噬噬的响声里，一团雾气腾地升起来的时候，石头的影子便在我的心里完完全全地隐去。

它们变成了一种神秘的存在。

母亲走出居住的屋，走向了猪圈。以往，母亲都没有进到猪圈里去，她只打开圈门站在门边，探着身子，举着手，将瓢伸到圈里去停上那么一会儿。但这一次，她进去了。圈里，关着我们家才买来喂上的一对双月猪。

不对，不是买来的，是赊来的。

这年，八九月的时候，我们家喂着的四头猪，相继病了，并相继死了。自此，这圈里就一直空着，空了好久。我的父亲母亲无力再买两头，哪怕一头来继续喂养。就算赊来喂，他们也担心运气不好，又喂病、喂死。这一年，我们家连过年猪也没能宰上一头。是母亲催促了父亲，说再不赊两个来喂上，就明年也宰不起过年猪了，父亲才去赊了这两个双月猪来喂上。

我看到，那团飘散在母亲身前的雾气没先前那么浓稠了。那股酸酸的、涩涩的味，也没先前那么浓稠了。在猪圈里，母亲不再走得那么急。她手里的瓢，也不再移动得那么快。好像，她要用那雾气一处一处地把那圈里的每一个角落都灌满。好像，那圈里飞舞着看不见的什么，她要用那雾气把它们一一熏走。

母亲让我站在门边。让我堵好，别让猪崽跑出来。

两头猪崽一点儿跑出来的样子都没有。它们围在母亲的脚边，探着身子伸着嘴筒子往她的裤管上嗅。还咕咕咕地叫着。

站在圈门边，有粪草的味道、猪食的味道，以及猪的大小便混合在一起的味道扑鼻而来。看着母亲在圈里像坚决不落下一个角落不熏到的样子，我在心里，似乎又嗅到了另一种味道。那是惧怕着什么的味道。那也是敬奉着什么的味道。

知道醋有灭菌功效，那是后来的事。

知道醋有"苦酒"之说，也是后来的事。

知道杜康造酒造醋，或者杜康造酒亦造醋的传说，说醋源于酒，是酒糟没及时处理存久后的结果，更是后来的事。

醋之功效，网上有人拿了《本草纲目》来注解，说："据《本草纲目》载：醋酸温，开胃养肝，强筋暖骨，醒酒消食，下气辟邪，解鱼蟹鳞介诸毒，陈久而味厚气香者良。"我没去查验《本草纲目》是不是真这样记载。但有一点可以肯定，打醋炭不只是我们家乡那儿的事。网上说打醋炭流传广泛、历史悠久，还说它在老一辈人心目中，是祛病消灾、祈福祝愿的仪式。也说，有的地方，在春节、元宵节等仪式上，也打醋炭。

但在我的家乡，就只有过年这天会打。

那是要除旧迎新，是要把过去一年来所有的不顺、所有的秽气都除去，来年五谷丰登、六畜兴旺的祈愿。想着母亲打醋炭的样子，我就更愿意相信姜子牙是醋炭神的传说，更愿意相信醋炭神是替老百姓攘灾镇邪之神的传说。母亲肯定不知道姜子牙，不知道醋炭神之说。她从未对我说起过。但她又分明是在祈祷。或许，她是在祈祷她想象中神的降临和保护，也是在祈祷她想象中鬼的离开和放过。

母亲从猪圈里出来，又急急往马圈里去。

在我赶到马圈门前的时候，看着母亲在马圈里的进门处拿着瓢摇晃、颠簸。随着她的摇晃和颠簸，石头在瓢里碰撞出了哐啷哐啷的声音。咝咝声已经没有，但雾气还是在她的摇晃和颠簸中又一次多了起来。

那股酸酸的、涩涩的味，似乎一点儿都没有了。

我闻到的，是从我们家那匹白马身上散发出来的汗味以及马圈里粪草的味，马粪马尿混合过的味。

从马圈里出来，母亲抬头看了一阵天空。或许，她也不是看天空，而是看那院坝上空的某处虚空。我不知道她看到了什么，或者是不再看到什么。

母亲又摇晃和颠簸了几下瓢。她又恢复了她的笨拙和稳重。她端着瓢缓慢地走向家门，似乎要让瓢里的余雾都飘荡在场院的上空。

走到门边，没进屋，母亲就把瓢里的石头倒在了门槛外的墙边。她把瓢也放在了门槛那里，没有拿进屋去。我不知道，接下来母亲要拿什么舀水用。

我没有跟着母亲进到屋里去。我站在门边，拿那石头盯着看。它们又变成青的或者灰的了。但已不再像我捡来的时候。它们上面沾了醋的印迹。它们的青，或者灰，都是烧过后恢复了的青或者灰了。

那时，我多想捡起来看一看。但我又不敢。

似乎，那样远远地盯着看，我都有着一种强烈的心虚感和冒犯感。

面对它们，我的心里有着惧怕，也有着敬畏。

离乡生活已多年。老家那瓦房已拆除多年，母亲也已离世多年。想起那时打醋炭的母亲，我依旧能嗅到那股潮湿的味道。那里面的酸酸的、涩涩的味，是生活的无奈味，是生命的隐忍味，也是对未来的向往味。

麻帐子，旧光阴

容　芬

　　儿时的夏夜，电视剧播完最后一集，我才睡到床上。待母亲把麻帐子放下，掖好帐门，雕花床便成了与世隔绝之地。我开始跷着二郎腿，在脑海里飞檐走壁，把电视里的情节全部复习一遍。我幻想有人在夜深时轻轻叩击我的窗子，一下，两下，三下，那是独属于我们的约定，去稻田论剑，月光如雨，落在我们的剑上，滴滴答答。然而隔着麻帐子看窗外，夜色像一瓢幽深的井水渐渐沉淀，浮着棕榈树的影子，隔着远处的狗吠和近处的虫鸣，却始终没有身穿夜行衣的侠客。只有忙完家务后躺到我身边的母亲，蒲扇一摇一摇，小小的风里带着苎麻的气息，绿云一般拂过脸颊。苇席则如一叶扁舟，可载肉身入梦。慢慢地，我的眼皮也像帐门一样闭合，把功夫什么的都忘到了九霄云外，一觉睡到日当头。

　　麻帐子由苎麻织成，苎麻种在山脚下，细细的秆儿，叶子正面青背面白，风一吹，碧波涌起，白浪翻飞。盛夏正是收割苎麻的季节。我曾对那刮麻刀极感兴趣，一块U形的小铁片，像武林高手的暗器，套在木柄上，中间凹下去的部分刚好容纳大人的拇指。刮麻的时候，先要将麻秆儿对折，刮麻刀沿着对折处顺进去，指肚压住刀的凹口，劲道全凭经验。麻刮下后还要放入水中，用洗衣槌不断击打，清理残留，再倒入荷叶锅里煮，继而晾晒在竹竿上。一个日头后，被收纳到竹篮里的麻，仿佛历经劫难、脱胎换骨，已蒸发掉多余的水分，乳白色的光泽凝固其上，性情也变得坚韧而朴实，便可用来纳鞋底，织蚊帐，陪伴我们的冬暖与夏凉。

夏夜，睡在麻帐子里，我最喜欢听母亲讲野人的故事，说的是很久以前，对门山里的野人牛高马大，浑身红毛，有獠牙，有尾巴，性情诡诈。有善辩人言的，会模仿人穿衣吃饭，还会把苎麻叶子覆盖在身上，当成衣服上的补丁，去骗不听话的细伢子。也有喜好喝酒的，村里的人去山下种地，常随身带着一壶老酒，万一落单遇着了，就立马请其喝酒，待其醺醺醉去，立即脱身。

那个时候家里不点蚊香，一般是夏日晚饭后，父亲端来煤油灯烧蚊子。灯盏点亮，我们的影子一大一小印在帐子上，在灯芯燃烧的微小气流里，煤油的气味轻轻发散，蚊子的身体也有了一种浮动的假象，只要端着灯向前一探，它们顷刻身亡，像飞絮一般落入灯罩。但蚊子是烧不尽的，天天烧，天天光顾，前仆后继，生生不息。

夏夜里有萤火虫，田野山林，屋前屋后，如同星子溅落。据说萤火虫以露为食，化草而生，是世间极为干净的生灵。这样的说法，我猜测是由古书里的"腐草为萤"演化而来，但听起来总是清香又浪漫的。实际上，我所知道的萤火虫，吃南瓜叶，吃田里的香瓜，跟馋嘴的细伢子一样，是很喜爱甜食的物种，也是与童年亲近的小生命。

有时候，我也会捉上几只，把它们挂在帐钩上，学古人囊萤夜读。那样微弱的光，自然是看不见书本的。只记得夜间那点点黄绿，一明一灭，帐子里便产生了一层如梦似幻的氛围，仿佛一场诗意的启蒙。

对于细伢子来说，没有捉迷藏的夏天是寂寞的。比如，躲到闲置的大灶膛里，钻进去的时候，还能听到头皮擦过锅底的声音，锅底灰"沙沙"地掉到脖颈里，等藏好出来，活脱脱一个雷公。又比如，躲到帐顶上——那个地方，很长一段时间，都只有我一个人知道。我顺着床架子爬上帐顶，小心翼翼地像虫子一样蠕动着身体，然后完全趴下。麻帐子非常结实，两边穿着竹子做的帐棍，我瘦得皮包骨，趴在顶上，帐棍居然只轻轻摇晃几下就悄无声息地恢复了平静。我的脸紧紧地贴在帐顶上，经年的灰尘细而柔软，像风一样钻进我的鼻孔，我丝毫不介意，只希望自己凹下去的身体可以像长在帐顶上一样争气。很快，一阵嘈杂的脚步声由远及近，小伙伴们过来了。我紧张得闭上了眼睛，恨不得把耳朵竖起来。我知道他们在翻箱倒柜，甚至掀开了我家衣柜底下的腌菜坛子。我忍不住在心里嘲笑了他们一秒钟。他们鲁莽的举动让我大胆起来。我屏住呼吸，慢慢地睁开一只眼睛。隔着麻帐子，我看着那些胖瘦各异的身体轮廓还在屋里屋外床上床下地搜寻，便觉得自己真是和电视剧里的主角一样旷世英明。这种感觉渐渐变成一种巨大的隐秘的兴奋，在胸腔里不断膨胀，当到达顶点之时，我捏着鼻子，模仿电视剧里太监的声音提示他们，"咯咯"——这时，耳尖的方才反应过来："啊，就在这个屋里！"可任凭他们想破脑壳，依旧寻我不着。最后，他们蔫了气，做仰天长叹状在门外央我："找不到了，你出来吧……"我才麻利地弓起身子，从帐顶上一溜而下，心里那种得意，简直无与伦比。

夏日看母亲洗帐子也是很有意思的。水塘边的野蔷薇开了一茬又一茬，粉色的瓣子，明黄的蕊，花粉在阳光下闪着薄薄的光，散发出薄薄的香气，却足够招惹蜜蜂和蝴蝶。在花间，蝴蝶是悠闲的独行者，蜜蜂们则成群结队，嗡嗡地振动着小翅膀，倒也不觉得它们讨嫌。还有一丛一丛的悬钩子，结了累累的果，都熟透了，看着馋人，却又够不到，风一吹，全落到水塘里，总是白白便宜了鱼。母亲在水塘的大石头上捶打麻布帐子，用笨重的木槌，一遍又一遍，露出皓白的手腕，力道柔而劲。我站在水塘高处的晒谷坪里看着她，心底生出绵长的温柔，像新树抽枝，青翠又生动。

后来，母亲过世，我离开家乡，成了多年未归的游子，再回来时，麻帐子已经被父亲收进了柜中。父亲老了，在夏天的夜晚，早已习惯点一盘蚊香，呼朋引伴，闹哄哄地打牌，用三五小钱消磨鳏居的孤独。村里也早就不种苎麻了，山脚下灌木疯长，原来在大锅饭时代辛勤开垦出来的土地，种瓜种豆种苎麻之后，又重新与大山融为了一体。村里越来越多的人去了城市打工，我也是其中的一员。两班倒的夜间，我去街边的小卖部租书，飞雪连天射白鹿，笑书神侠倚碧鸳，泛黄的书页里，收藏着我荒烟蔓草的青春。我终究没有变成仗剑天涯的侠客，而是活成了老实本分的流水线工人。无数个加班的深夜，我从厂房回到宿舍的小床上，耳边蚊子飞舞，却不闻其声，瞬间便沉沉睡去。我的床上，挂的是几块钱就能买到的尼龙帐子，洁白，轻盈，薄得近乎通透。风吹过，帐门翻飞，像一团无根的云。令我惊讶的是，住在高楼林立的城市里，居然在绿化带中又见到了苎麻的身影，不晓得是不是飞鸟衔来的种子，只知道它们与野草杂花混迹在一起，已经成了异乡的流浪者，慢慢隐去了自己的名字。

　　但经常在梦里，我还是会重回那样的夏天。就像旧光阴里的慢镜头，被母亲洗过的麻帐子，已经用帐棍穿好，晾在了晒谷坪下，苎麻的气息正顺着水珠，滴滴答答落在树下的大石上，然后融入泥土。太阳炽热极了，一阵一阵的蝉鸣让人产生了温柔的昏眩，帐子很快就可以随风飘动起来。我和几个小伙伴在半干的帐子里面钻来钻去，用刚学会的成语没心没肺地吹牛。过了许久，天上一朵硕大的云遮住了太阳，整个世界都变得清凉可爱，小南风一下一下地掀动帐门，野蔷薇的香气也一下一下钻进帐子里，犹如岁月扑面。又过了许久，大家都玩乏了，就那般在帐子里睡去，一觉睡到月当头，一觉睡到小时候。

集市之歌

耆　子

　　我喜欢布莱曼返璞归真、回到纯民歌味的《斯卡布罗集市》，以及她那梦幻般的歌唱，那忧伤、空灵的嗓音令人着迷。黎巴嫩诗人纪伯伦说音乐"是叩击感觉门扉的纤纤素手。她唤醒记忆，这记忆便将曾对其发生过影响的种种往事追寻，再现"。听着布莱曼充满魅力和穿透力的婉转声音，当歌名《斯卡布罗集市》与"芫荽、鼠尾草、迷迭香和百里香"这样的歌词一起出现在眼前时，就像是一把陈年旧锁遇到了合适的钥匙，咔嗒一声，头脑里或心灵中隐逸的信息区域瞬间被打开了。

　　在农村长大的我，心中一直藏有一个自己的"集市"。那是20世纪80年代初的乡村集市，紧邻我上学的初中，一棵繁茂的榕树下，挤满了杂乱的青菜摊，踮着脚穿过那些畚箕、箩筐、扁担隔开的间隙，奔下一个黏土短坡，不用理会两边的裁缝店和理发店，转一个拐角，直接就进入了集市最热闹的"腹部"：两边是一间间带阁楼的当街店铺，中间是三四丈宽的卵石街道。

　　右边首间的国营百货店，我们是经常要逛的。这是整条街最大的商店，也是我们觉得最时尚的地方。新款的文具盒、书包、凉鞋，鲜艳的杂志……有时柜台后面还会出现一位长得像画中人的姑娘，看打扮就是城里来的。我们很少有机会买店里的东西，但喜欢凑在玻璃柜台上一样样看过去，看到那些彩色封面的杂志时，会逗留稍久一些。有一本杂志叫《希望》，那位姑娘过来问：要买吗？"蛮牛"瓮声瓮气地说：不希望。没想到那姑娘竟展颜一笑！"蛮牛"好不得意，大家伙眼里也都放出光来，又有些不好意思，嘻嘻哈哈地逃跑了。后来"蛮牛"背着我们，去百货店买了本塑料皮笔记本，偷偷送给女同学"香"。"香"把笔记本交给了班主任。班主任把"蛮牛"臭骂一顿，当着大家面把笔记本撕得稀巴烂，扬手就甩进了臭水沟里，把我们惊呆了。看到那么精致的本子被毁，又唏嘘不已。

左边的国营农资店有一股股农药和化肥的味道，我们从来不进，包括右边散发着浓浓的中药味的国营中药店，也没谁愿意进去。当然生病时除外。

耽搁我们最多时间的，是石街上临时摆开的杂玩摊和打药摊。卖打药的武把式让我们兴味盎然，除了那些"哄哄哈哈"的生猛招式外，光膀子的汉子还能用竹罐点上火在人的腰间噙出紫黑的"污血"来。杂玩摊上摆满了各种稀奇古怪的小玩意儿，既有钓鱼钩、线这样实用的，也有会叫的"陶瓷鸟"和把火药皮打得"啪啪"响的玩具手枪等。当我们忍不住伸手摸摸这样翻翻那件时，看摊的男人就会凶狠地挥手赶我们走，嘴里还鄙夷地说："你们又没钱，你们又不买！"让我们心里很恼火，我们那时已不算小孩了，已经知道衣服的整洁了。"东郭"忍不住说，早知道我把五块钱带来，不买也拿出来气气他。大家都惊奇地看着"东郭"。那个时候一斤猪肉才一块五。"东郭"红着脸说是他姐夫给他的。"东郭"还穿着他姐出嫁时给做的新衣服。没过多久，"东郭"深藏在衣物箱里的五块钱就不见了，惊动了整个学校，全部老师都在查小偷。

右边的国营饮食店以及左边斜对面的私人小食店让我们心向往之。饮食店里的冰棒以及热气腾腾的包子让我们心痒难熬，对面五毛钱一大碗、有着喷喷肉香的饭菜更是让我们口水直流。班上有最老练的同学"赖皮"，就能买了菜到小食店加工，更加划算。尽管老师在上课时批评他"左手抱一个包菜右手提一提子猪肉没个学生样"，但我们还是羡慕得不行，包菜不贵，关键是猪肉，我们只凑得三毛钱，算算只能买二两，不知道猪肉佬肯不肯卖给我们。我们三个同学站在一个猪肉档附近踌躇，看那满面油光的猪肉佬，嘴里叼着烟卷，眯缝着眼剁肉。那烟卷上长长的烟灰看着就要落到肉案上去，却见他轻轻一甩脸，烟灰就溃落到一边去了。他剁下一块肉，提秤一瞄，嘴里念一句"刚好"，麻利地用稻草捆了，交与买肉人。遇见那精明买家，非要亲自动手过秤不可，他拗不过，就拿起刀又剁一小块碎肉扔过去，说：称吧。我们始终不敢上前，他也不看我们一眼。"羊子"说那个卖猪肉的好像是他表叔，但无论我们怎样鼓动，他都不肯前去问。

除了吃的和玩的，集市还有一些东西也能吸引我们。比如集市边缘空旷地里的图书摊，那一摞摞一排排的小人书也煞是引人。《黛玉焚稿》《杨志卖刀》《三顾茅庐》让我们若有所思，《小兵张嘎》《地道战》《平原游击队》让我们津津乐道。可是看一本要两分钱，也不便宜。"小鸡"在我们班里长得最大个，觉得能搞定那个掌摊的矮个子后生，不给钱就拿书来看，还阴阳怪气地挑逗他。那矮个子后生把上衣一扒，露出一身饱满的腱子肉，顿时就把"小鸡"吓住，嘤嘤哈哈地赶紧溜了。

"翻山过河到集市，熙熙攘攘人潮袭。"白天的集市挤挤挨挨、热闹喧杂，半下午散市之后，则街廊空阔，一地残碎垃圾。夜里更是灯火莹莹，店寂人稀。同学"麻子"初二没读完就辍学了，被父亲送到集市的裁缝店里当学徒。有天晚上我们几个同学去看他，昏暗的灯光下"麻子"在一块布上缝着什么。我们说他好，学手艺以后有出路了。他说我们好，读书考学更有出息。怕他师父骂，彼此说话都轻轻地，他也不敢停下手中的活。原来轻率笑闹的我们，那个晚上竟然说出客套话来了。我不知道怎样去说这个情境，后来看到周将的《守旧》，觉得他说得好："你是深山的游客/边走边爱四海为家，生性多情/我是集市里的养猫者/不看路人，不换爱人。"那个在逼仄的小裁缝店里缝布做衣的"小徒弟"，长久地萦绕在我的心头不能遗忘。

集市让我们单调乏味的日子有所期待，就像生活中的盐，或别的调味品。集市又像一个特别的舞台，上演着许多故事。散落在山河旮旯里的乡村少年，有多少没向往过那人头攒动的热闹的集市？一颗糖，一块橡皮，一张热乎的饼……是爷爷还是奶奶带你去的？也许你自己一个人也悄悄去过，却什么也没做就回来了？

爱尔兰作家詹姆斯·乔伊斯写过一篇叫《阿拉比》的短篇小说，主人公还是位懵懂少年，当从同伴的姐姐口中得知阿拉比的集市丰富多彩时，"阿拉比这个词的音节在静谧中隐隐然回响"。可当"我"攥着一枚银币赶到阿拉比时，集市却已经是灯火阑珊，"我"蠢头蠢脑地瞎逛了一会儿，甚至想不起为什么来了，什么也没买，什么也没干，就懊恼地回去了。看起来有些无稽，可就是这种少不更事的无稽的热情让我们魂牵梦绕，尤其是经过年岁的淘洗之后，偏是那些没用的不功利的情愫，让我们刻骨铭心。

　　《斯卡布罗集市》的歌词，描述的是一份悠远而又永恒的爱情："你要去斯卡布罗集市吗？芫荽、鼠尾草、迷迭香和百里香，代我向那里的一位女孩问好，她曾经是我的爱人……"但更让我感慨的是在每一段歌词的第一句后，反复出现的那一句好像没什么关系的唱词"芫荽、鼠尾草、迷迭香和百里香"，在我的心里，这句歌词也可以是"玩具枪，陶瓷鸟，猪肉饭和小人书"，更可以是"东郭、赖皮、羊子和小鸡"。几十年后回味起来，依然让我们觉得羞涩或者鲜甜。

　　布莱曼的声音是蓝色的，令人进入宁静之境。她的歌声散发着幽兰之香，恬淡悠远。她的旋律像高山上的一缕泉水，清净甘洌，百转千回。

　　人生的"集市"越赶越宽广，岁月如奔马，驮着你的想望赶过一个个"集市"，从乡村到县城、到省城，偶尔回头，还会想起那"芫荽、鼠尾草、迷迭香和百里香"吗？

凤梨罐头

何 昊

时间如果有味道，那一定是酸甜的，就像阳光穿过的凤梨罐头。

小时候若是我们做了什么了不起的事情给父母挣了面子，或是家里赶个年节什么的，父亲即使再忙也不忘跑到卖店里捧回来一瓶圆墩墩的，顶着合金盖子的凤梨罐头，把它搁在那张铺满欢快气氛的餐桌上。然后他仰着憨厚的笑脸说："快吃吧，这东西离咱们可远着哩，坐着大船漂洋过海来的。"然后看着我和弟弟你一筷子我一口地让这瓶罐头以最快的速度在桌子上消失。尽管他连糖水也没喝一口，可嘴角咧得更开了，并发出嘶哩哈喇的声音，仿佛他的喉咙也被甜到了似的。

起初我与兄弟们面对罐头总是保持着小孩子应有的兴奋，但时日久了，次数多了，再加上商店里的货架上其他琳琅满目吃食的勾引，罐头对于我们的吸引渐渐地也就淡了。

我们各自成家后与父亲吃的最后一顿年夜饭，父亲照例端上了凤梨罐头，但始终没人动一筷子，直至餐毕那瓶凤梨罐头还完好如初地蹲坐在餐桌上，像个风烛残年的老人一样无人问津。父亲始终盯着它，我看到他的眼睛竟渐渐地起了雾，眼圈充了些血泛起微微的红。他夹起一块凤梨放在碗里，端详着，然后夹到嘴边轻轻地吸吮上面的糖水。

那是在物质生活极度匮乏的年月里，父亲十二岁时第一次见到凤梨罐头。父亲给我们讲述的时候，眼睛忽然从眼眶中的雾霭里钻了出来，闪烁着极不常见的光彩。他说他至今还记得那瓶凤梨罐头是他一个不算远门的表舅串亲戚时带来的。

据说那表舅早年当兵后来转业到了南方城市里当了工人或是什么干部一类的，反正是个吃商品粮的人物。多年不回乡来，这一回来自然是要拜访一圈穷亲戚的。

表舅穿着紧绷绷的制服来到爷爷奶奶那个略显寒酸的家，他的头发梳理得纹丝不乱，一双油光锃亮的皮鞋竟能映出父亲黄瘦的小脸来。说话时他极力想用乡音拉近距离，可话语里掺杂着的异域腔调难免让父亲感到有点怪异。不过拉家常问近况终究都是大人们的事，父亲的眼睛早就被那网兜里的玻璃罐罐给牢牢地吸住了。父亲说那时他甚至想要这个远方的客人能够赶紧从家里起身离去，因为他实在是迫不及待地想要看看罐子里装的什么好东西。父亲围绕着大人们坐下又站起来，不停地动弹，焦渴地等待着表舅道别的时刻。

表舅和相送他的爷爷奶奶的步子还没迈出院门，父亲就已经将那贴着"海南岛凤梨罐头"商标的瓶子捧在手里了。他把眼睛抵在瓶子上对着太阳看，看到里面散落着一丝一丝短小的果肉，就像阳光照耀下空气里飘浮着的小小的尘埃；光线穿过透明的瓶体，使里面的汤水散发出金黄的颜色；父亲拿着它在手里摇晃了两下，蒜骨朵般大小的带着螺旋道道的果肉便在那金色的浆液里上下游荡，在糖水边缘激起一圈七彩的泡泡。

"凤梨"是个什么梨呢？父亲脑子里想到村东的那片果园里种着的鲜甜可口、香脆多汁的雪花梨，一到成熟的季节就是逆着风那股子香甜味儿也能飘十里；还有离这四十五里地的魏县更是种梨的大户，每年梨花开的时候满世界就像下了雪似的一望无际的白色，不过听说他们种的是那种叶柄梨头的地方有凸起，整体看上去像鸭头的鸭梨。这"凤梨"咋跟这些听闻到的梨没有一点相似之处呢？它完完全全没有一点梨样子，难不成这个梨像凤凰？可人们口中的凤凰就是这个样子吗？

父亲的脑子里延展出汪洋般的想象，其中翻腾着无数疑问的浪花。

"嗬！我就知道他娘的耗子窝里坏不了粮食。早就看出你小子像个烙铁上的蚂蚁一样等不及了，没出息的样儿。"爷爷吵嚷着走到父亲身边，从他的手里拿过那瓶已经沾满汗渍的罐头。

父亲眼神凝滞地看着他："爹，你知道凤梨吗？"爷爷没有搭腔，只皱眉头把瓶子转过来转过去地研究着。

"乖乖，海南岛来的呢。"爷爷忽然撇起阔嘴惊叹道。

世代生活在土地上的人们哪里知道海是个什么样子，更甭提什么海南岛了。

"爹，啥是大海？"

"就是成百上千万个野坑里的水都倒一起。"

"那海南岛远吗？"

"废话，在大海南边，你说远不远？这东西八成是坐大船来的呢。"

接着他又把眼睛望向父亲，但却自言自语地说："凤梨？凤梨是他娘的啥梨啊？"

这下父亲原本将解开心中疑问的希望寄予他认为自己经验颇丰的父亲的想法便破灭了。

父亲说那段时间他像着了魔似的，"凤梨"和"海南岛"像是从罐子里伸出的两只手，无时无刻不在骚扰着他那颗活蹦乱跳的心脏。他去问了村里很多人同样的两个问题"到底啥是凤梨"和"海南岛在哪儿"，却终究没人能给出他清晰的答案。就连父亲一向认为见多识广的刘老师也未能给他做出一个满意的答复。

一段时间过去，有时碰到村里的闲汉，他们总是满脸嬉笑和挑逗性地开口反问父亲"啥是凤梨"还有"赶着驴车能不能走到海南岛哇"。起初父亲还一本正经地与这些人分享一些道听途说得来的最新知识，渐渐地，父亲感受到了人们言语里讥讽的意味儿，回应的便只有冷漠了。

父亲夜以继日地想要解开压覆在心头的困惑，而他越是努力越是感到无力，由这无力更加催生着凤梨罐头的神秘。他不禁懊悔起来，如果表舅在，那一定能给他细细地讲述一番，可他也同样知道这样的期许比通过自己的打听弄清楚还要渺茫。

研究这瓶罐头似乎变成了父亲全部的爱好和兴趣，渐渐地每当他全神贯注地盯住那个圆墩墩的玻璃罐时总会有神奇的事情发生。罐头瓶里显现出蓝纸一样的天空，上面挂着丝丝缕缕缥缈的云纱。远处来的黄澄澄的大水正快速地侵吞着大地的边缘，就像几年前的一场暴雨过后水漫田野的景象，只是在那瓶子里呈现出来的大水要浩瀚与广阔得多得多。土地一点一点地收缩着，最后在那一望无际的大水中萎缩成一个小小的黑点，父亲使劲地将眼睛抵近瓶子去，想看看那仅存的土地上还剩下什么，可他总也看不到。

那瓶凤梨罐头被安置在堂屋正冲门的条几上。父亲每天一放学就赶紧跑回家。曾经与伙伴们贪恋的游戏如今再也不能引起他的丝毫兴趣了。他将所有的精力都放在了这个圆墩墩的罐头瓶里，每次奶奶叫父亲吃饭的时候都能看到瓶体烙在他额头上的那个深深的酱紫色的印迹。

随着研究的深入，父亲看到东西一天比一天多了，他能看到明晃晃的日头在那罐头瓶里慢慢地沉下去，黑夜笼罩的时候瓶子里没有鸣虫的聒噪，而是一阵阵有节奏的"哐啷哐啷"的水声。父亲听水声的时候感到了一丝丝恐惧，却还是忍不住去听。更加神奇的是，父亲后来竟能闻到带有腥咸气息的风。只是他始终没能看清那仅存的一点土地上是什么样子。肯定不能是玉米和小麦这样的平常作物，父亲笃定。或许是长满了像凤凰一样的果子，他甚至想着这些果子成熟后会腾飞和鸣叫。

在父亲没有彻底看清楚之前爷爷和奶奶每次提起要打开这罐头的

时候，父亲都进行着强烈的抗议。他守护着这瓶罐头更像是守护一个神秘而遥远的世界。父亲一反常态的举动引起了爷爷奶奶无法理解的猜疑，只是始终也没能看出父亲到底在玩什么鬼把戏。每次抗争到了末尾爷爷总是红着脸膛而又略显无奈地叫骂道："狗东西，那罐头又不是他娘的老母鸡，还能给你孵出小的来？"

那一天父亲放学一如既往地跑向家的方向，刚走到院子里心头便莫名地涌现不祥的预感，因为他看到堂屋的垂帘后失去了耀眼的光辉。父亲心存忐忑地走进屋门，果然不见了条几上的凤梨罐头。

他慌忙地跑到厨屋，赫然看见那瓶圆墩墩的罐头被掀去了扁平的头盖骨，金黄的浆液在瓶子里一圈圈荡漾。

爷爷咧开大嘴高声地唤着："快来尝尝，甜滋滋哩。"父亲没有动，眼睛直直地盯着罐头。

爷爷接声唤父亲过去，只一瞬间父亲像被烙铁烫了似的泪水与鼻涕一起迸发出来，腿窝里有挨了一棍子的感觉，他一屁股坐在地上，大声地咆哮着、控诉着："大海没了，海南岛也没了，外面的世界都没有了……啊……"他情绪的失控一下惊住了爷爷和奶奶。

奶奶慌张地上前拉他，嘴里不停地说着："孩儿啊，都搁了那么长时间了，再不吃就坏了，那不是糟践东西吗。"奶奶的解释没有对父亲的情绪起到丁点的缓解，他依旧，号啕最终惹恼了爷爷。

爷爷大骂着："混账东西，一瓶罐头就是大海了？想要大海，想要海南岛，天天对着个破罐头瓶子就能到那儿？没出息的玩意儿，你不吃，就别他娘的吃，老子一点也不给剩下，就喝光你的大海，吃了你的海南岛。"一边骂着一边揪起瘫坐在地上的父亲把他拖出了厨屋，关门时的狠劲差点震碎了窗玻璃。

父亲的愤怒与无助让他挂着泪水和鼻涕跑出了家门，一直跑出了村。他蹲坐在一个土坡上面，背对着红彤彤的夕阳望向这陈旧而苍茫的天地，此时他的鼻涕和泪水早被风干了，只留下四道糊涂的印迹。他的脑子里不断显现着光线穿过的凤梨罐头和爷爷大快朵颐的场面。一个新奇的世界正在爷爷张开的大嘴里崩塌。

父亲张开双臂躺下来，给那个剧烈痉挛着的心脏找了一个支点。夜，在父亲逐渐舒缓的呼吸里悄悄地爬到了他的身上。在那个温凉如水的夜晚做了一个极香甜的梦，他跨过了大地的边缘，登上了一艘无比巨大的航船……

百草汤

胡丁文

　　黔东南美食分布图，以凯里为中心，覆盖县市，有来头的有凯里酸汤鱼、下司狗肉、苗家炸辣蟹、苗家鸡稀饭、酸笋鸡。还有炸蕨粑、炸香虫、冲冲糕、明虾金鱼酥、五色饭等小吃。带外地朋友去吃，不管去之前什么表情，吃完之后总是眉眼舒展，满心欢喜。而羊瘪是个少见的例外，在外地人看来，"羊瘪"之食材是羊胃、肠中物，怎么可以食用呢？这道让外地人毁誉参半的美食，其实自有其独特之处。

　　考察一家羊瘪店正宗与否，不是看门面装修，而是要辨别羊肉是否上乘。在大多数人的印象中，好的羊肉多是产自水草丰美、沃野千里的北方地区。其实中国南方，也有很多优良品种，做法更是八仙过海、各显神通。有羊肉汤、羊骨头、粉蒸羊肉、羊肉粉、羊瘪、羊肉干巴，反正，总有一款适合你的羊。"羊瘪"主要由羊肉和瘪汤组成。"瘪汤"又称"百草汤"，是贵州黔东南地区民族民间特色菜之一，其食材特殊，制作方法也特殊，以前是接待贵宾的佳品，因受当地人的喜爱，成了家喻户晓的特色菜。羊瘪的羊肉不同于北方的绵羊，是山羊，最大的特点就是带皮一起吃，这种吃法我国著名文学家梁实秋、周作人提过："山羊皮薄，不宜制裘，以皮入馔，颇甘脆。"

正宗羊瘪店用的羊肉必须是来自榕江的塔石香羊。塔石香羊因产于榕江县塔石乡而得名，由于长期野外放牧，封闭饲养，加上自然和人工选择而形成具有特色和适应当地自然环境的地方羊种，经过多代培育，已经成为非常优质的品种。其口感清香、鲜嫩、可口、膻味轻，故有"塔石香羊"之美称，造就了黔东南地区羊瘪的独特风味。

其实凯里的羊瘪店、牛瘪店并不少，有些也相当有名。但为什么我总是对拱桥巷塔石羊瘪念念不忘呢？道理很简单，没有分店。因为没有分店，保证食材新鲜，以此可以保证食材品质。原拱桥巷羊瘪店老板姓文，熟人都叫他老文，据他自己乱啼，说是羊瘪这道菜品，是侗族先祖社公为皇帝亲手做的一道御用佳肴。有一年，皇帝为了祝寿，广招天下厨师，社公和他的另一个伙计被选送。两人做出很多侗乡名菜，皇帝看了，问什么最可口，社公说："羊瘪最好吃。"因谐音，皇帝误以为是羊便，一气之下把社公杀了。后来，在另一次宴会上，社公的伙计又做了同样的菜，并有意将羊瘪放在显眼处，皇帝吃了，连夸是一道好菜，并问这道菜叫什么名字，社公的伙计说："叫羊瘪，它是社公的拿手好菜，可惜您将他杀了。"皇帝说："是怎样制作的？"伙计说了制作过程。皇帝听后，知道错杀了社公，于是封社公为阴间主管农事的万物之神。话里话外，"羊瘪"就感觉被镀了层金，老文闲侃完，心情好的话，还能送食客一份正宗的白酸汤莲花白小瓜。拱桥巷羊瘪店的白酸汤唯一的特点就是酸得刚刚好，熬好了装盆里，放凉，什么时候喝都是清凉解渴的。特别是你从大太阳下一进屋一碗酸汤下肚，酸人心脾，凉人舌齿，总喝不够。

老文的羊瘪店，看店名你就知道是原来某个地方搬迁过来的，不然怎么能叫原拱桥巷塔石羊瘪，这个有点拗口的名字？老食客都知道拱桥巷那个店，我也去过几次，是家人、朋友带着从水利局往粮食局方向的一条小路进去，几年前凯里吃饭不用开车，步行可到，店面不大，但是外面有个院子，不同于路边摊，有种农家乐的感觉。在梧桐树的绿荫下，夏天胃口大开。点完菜每人先来一碗冰镇杨梅汁，陶瓷碗外面全是冷凝水，喝一口透心凉。

就在此时，风吹叶落，沙沙作响，恍惚岁月静止，闲人自得。

老店一带拆迁，必须搬，新店在凯里市迎宾大道25号，南山加油站旁，行政中心第一个红绿灯路口对面，店面外停车免费，但是数量有限，饭点基本找不到停车位。

饭店中午开门但不营业，因为都是当天的食材，需要及时处理，下午4点以后正常营业，晚上9点基本沽清。新店比老店气派，虽然只有一间门脸，但上下两大层，大通间，没有包房，客人在宽敞房间里比赛似的吃。大门外面用红色柱子架了个草字头，两边挂了两个红灯笼，门头上用青瓦装饰，"原拱桥巷羊瘪"几个大字空架在上面，不是什么有名书法家的手笔，就是广告店用的常用楷体，还好老文没有起名叫什么"记"，店名叫什么"记"的总免不了俗套，因为也想不出什么好听又有文化的店名，什么"记"最直接，老文很巧妙，以地名做店名显得更高级，一眼就能认出来，独特性反而更强，而且还很亲切，有种玩捉迷藏突然找到的幸福感。

凯里这地大大小小的饭馆应运而生，感觉在中国，开什么店都不如开饮食店，老文的店生意一直火爆，客源不断，熟人几个凑一块，不喜去那种大饭店，讲究这种小饭馆，花钱不多，又能饱口福。至少比起其他的羊瘪馆，这里消费还算便宜，即便是外地人来，老板也不会给你随便乱配，不会欺负生客。

那一年，我有外地的朋友到凯里玩耍，少不得约上几位当地好友作陪。既然是外地朋友，要整就整点当地特色菜，羊瘪，当数第一，外地人对于吃什么都饶有兴致。我跟大家说我们今天吃一款黑色料理，我一个当地朋友对着刚出锅的羊瘪汤绘声绘色地说，这个在宰羊的时候，皮肉骨头分别处理完毕后，鼓鼓囊囊的胃袋被一刀剖开，里面的绿色草碎从翻开的刀口中破壁而出，咱们吃的就是这个东西，脸还不自觉地贴上去深吸了一口气，十分陶醉地捕捉着这来自羊胃里的气味："这是我们黔东南人最爱的味道，用它做的羊瘪汤是我们最香的菜。"有人突然冒出一句："这不是吃屎吗？""刚刚吃完青草的羊、没有清洗过的羊小肠……"露出一脸惊悚的表情。

本地人吃羊瘪就喜欢那个味，那个味来到面前，动筷子毫不迟疑，更有甚者，直接都是端着碗，用勺子舀上一碗，一口口往下吃着。你看哪位筷子动得慢，而且还会在锅里翻着看来看去的，没错，准是外地来的。

羊瘪的特色就是那个瘪，原料就是羊胃还没消化完的提取物。具体过程嘛，据说是宰杀羊前，把羊放牧山间、地头吃饱大量的各种新鲜小草、树叶等，待百草被羊反复咀嚼半小时后宰杀，这样提取的瘪水才新鲜。剖开羊肚将羊吃到肠胃里尚未成为粪便的百草精华取出，用纱布裹好，用45度的高度苞谷酒浸泡过滤挤出绿莹莹的汁，这便是"瘪水"。

瘪水提取了之后，才真正开始做瘪汤，将"瘪水"放入高温锅煮开，同时用丝瓜之类的纤维体的食材反复过滤去尽草渣，架在大火上将其煮沸，沸腾后，将瘪上浮游的一层杂质用漏勺漏起，再将瘪反复煮，时间通常一个小时以上，瘪汤的粗加工算是完成了。待三十分钟冷却后，用纱布再次过滤去渣，瘪汤从工艺上才算完成制作，干净后存放在一边备用。

接下来开始炒调料，一道菜的关键归功于配料的搭配，贵州的羊肉不管怎么做，辣椒永不缺席，将烧好磨碎的辣椒面、大蒜片、生姜片、橘皮、花椒、香芹、大蒜、盐、味精等生生爆炒。花椒分为老花椒和青花椒，一般会用老花椒，因为不是所有人都能承受青花椒刺鼻的味道，老花椒相对温和一些。花椒主要用来提味，辛香扑鼻，刺激味觉，感受来自花椒独有的麻。接下来就是纯粹的体力活，把切成片或者丝的羊肉放入大锅中与炒好的作料一同翻炒，是为了把羊肉的水分炒干，调味料自然补充进去，大厨用大勺的好处就是翻炒均匀，让每一丝羊肉都能将调味料吸收进去，混合羊肉的青草香，慢慢地，换小火，加少许油添色，这样可以让食物有种特殊的色泽，再开大火，把之前备好的瘪汤倒入合炒，收汁，羊肉和瘪汤势均力敌，起锅，一份特殊香味的羊瘪就完成了。把炒好的羊瘪盛到特制的砂锅里，一律用砂锅，你要问为什么用砂锅，老板多数会告诉你，这是祖上传下来的，只可意会不可言传。还得在砂锅底部稍微垫一层白萝卜条，最后撒上一把花生米，再弄一盘飞饼就着吃。说到飞饼，北宋孙光宪作《北梦琐言》，说起前蜀末代皇帝王衍在位时，有个叫赵雄武的人，用三斗面粉擀成一枚几间房子大的大饼。这种说法是有点让人难以置信，不过，在了解到飞饼怎样变得又大又薄之后，这也许真的做得到。想必大家都看过做飞饼的名场面：厨师做飞饼，先将一个小面团擀成面饼，然后提挈起来，再利用离心力将面饼甩大，甩薄，如果满足一定的条件，从理论上讲，把饼"飞"成一枚像房间那么大的薄饼，是可能的。我说的飞饼不同于北方的烧饼，也不像那种炸油条。飞饼分咸甜两款，甜的飞饼里面有纯糖馅儿的，菠萝、香蕉、果仁的，种类繁多，只要是有甜味的食材都能成为甜款飞饼的内核。咸的飞饼里面就是盐，没有其他，感觉飞饼独宠甜味的。飞饼从什么时候开始这么火热的，我也说不上来，只晓得现在但凡是有个店面的，门口都有个飞饼摊，管他这个饼能不能飞起来，你也做我也做，大家一起做，确实也拉低了飞饼的水准，口感因人而异，但是入口是没问题的，所以也不知道从什么时候开始，酸汤和羊瘪不再是绝配，飞饼就好像咖啡伴侣，稳定了主菜的口感。

反正就这么一边吃着羊肉，一边就着飞饼吃，又香又热，别有一番风味。

刚大学毕业参加工作没两年时，有一次单位搞采风活动，见过一个外地人吃羊瘪汤。这世上总有各个不同的人，有人逐香，也有人逐臭，爱吃臭东西。事情是这样的：一年轻小伙，采风团的工作人员，从酷暑的重庆来到贵州，自然觉得清凉不少，饭点到了，看到羊瘪，其实当时他自己也不知道是什么，于是坐下来品尝，哪知一吃就一发而不可收拾，一口口顺着往下咽，问他好吃吗？他说："暑天烦热，胃口不开，又搞了一天采风，本以为有点食不下咽，结果三五下吃着羊瘪拌着饭，两大碗就下肚了，这个羊肉火候到家，皮软肉嫩，瘦不塞牙，虽入口微苦，但其味醇郁，吃完了还喝了一碗羊瘪汤。囫囵吞下这一碗，顿时六神开窍、神清气爽。""将来有机会还要来，还要痛痛快快地吃一顿羊瘪"，现在想想真的是言犹在耳，难觅知音啊。

羊瘪实在是重口味肉食动物的心头好，特别是在辣椒的刺激下，具备了更为细腻和深层次的感知力。羊瘪确实是无辣不行的，有羊肉的草乳清香，有浑然天成花椒、辣椒的香味，一种综合的刺激，喝酒、下饭都是极好的，这种味觉强烈的食物会让你发自内心地感到幸福和满足。如果你还想更深层次地尝试这个味道，可以用瘪汤来下面条，吃法很简单，直接用瘪汤煮，面条下进汤里，转瞬之间完全变色，待熟了之后，会呈现深绿色，第一口下去的都是英雄，这种尝试确实需要壮起胆子，吃完之后你会发现会很满足。至于羊瘪汤能治脾胃、消食的说法，那就需要考证了。

岩头上的斑鸠树

刘宗勇

在我的故乡余庆县小河村，有一种树叫斑鸠树，它的叶子能做出豆腐，甚至还有一个好听的名字叫作"斑鸠榨豆腐"，是儿时难得的美味，也是幸福的记忆。

初秋，贵阳的早晚已经开始凉爽，偶然在菜市场的小摊上，看到白的绿的凉粉，思绪一下就回到了三十多年前，母亲从院子边上的一棵树上摘下叶子，给我们做出斑鸠豆腐，在那个没有零食的时代，是我接触大米、黄豆、花生等食物之外最新颖的食物，而与斑鸠豆腐一起储存在记忆里的，还有那片神奇的大山、清澈的小河、肥沃的土地、热情的乡亲和门前那条坑洼的路。

村子里的那条弯曲的路，艰难地陪数代农民度过无数的风雨，在谩骂与乞求声中，变成了一条油光平坦的水泥路。那些挑着老担上贵阳的先辈，坟头上的草割了不知道有多少茬，后代的茶余饭后，不再提及先辈们花数天挑百斤粮食到贵阳换取微薄工钱的艰苦岁月，就连族谱上的名字都懒得去记，他们更多的是拍摄短视频，分享幸福生活。

小学的路不长，只有近一里，穿着解放鞋，背着帆布包，口袋里放着几颗石子，一边跑一边喊，声音在山里回荡着，飘向了远方。路是泥巴路，大概只有三米宽，两边长满了刺梨、荆棘和各种杂草，路面高低不平，有大小不一的坑，下雨时会有无数的水坑，男生们便拿石头砸着玩，溅女生们一身的水，路上还有牛羊的脚印和粪便。因为路是断头路，又不平，一年也难得见上几辆拖拉机。

大部分学生都背着旧书包，上面有补丁，衣服也有补丁，解放鞋沾满了泥巴，大拇指露了出来，只有在开学的那一天，才会有几角零用钱，除了购买作业本外，还能买到几颗水果糖。小商店的边上，有一个七十来岁的婆婆在卖油炸粑，那是用糯米磨成浆，再用一个铁片做成的模具，舀上米浆后放在油里炸，一个个呈金黄色，有时候会放葱或是茴香，那味道从破烂的门窗飘进教室，让不少人吞口水。一个油炸粑要五分钱，是奢侈品，高年级学生从家里偷米出来兑换，大人们似乎早有提防，把米放在柜子里，锁在屋里。

唯一的零食，可能就是烧洋芋和红薯了。那片土地不生长果树，又或是林子太大，有一棵柿子树结满了柿子，还未成熟，便被群鸟啄光，父亲一气之下便砍了。秋天的时候，可能会在山里遇上八月瓜，捡到板栗。我们唯一期盼的就是过年，会买新衣裳，会杀年猪，会做绿豆粉打糍粑，有条件的还会做炒米糖，每到腊月，我和大哥总是用烧火棍的一头在板壁上写着"过年了，放火炮"！

当然，清明会做清明粑，端午会包粽子，中秋会买月饼，如果这一年收成好，母亲偶尔也会做豆腐。儿时家里穷，养不活牲畜，最难过的就是腊月，听见邻居们都在杀年猪，我们则只能煮着清水白菜蘸胡辣椒水下饭。

七八岁时，我跟随母亲下地干活回家，母亲看着院子边上的一棵树，脸上充满了笑容，她说："幺儿，我今天做点豆腐。"我顿时兴奋了起来，急忙去找放牛的大哥，告诉他这一喜讯，我们都在猜想着豆腐的味道。那是一个暑假的中午，我们第一次吃到了斑鸠豆腐，绿绿的，有一丝树叶的清香，口感极度舒适，用剁椒拌着，放少许的酱油，比镇上的米豆腐好吃不少。

中学时的暑假，大部分是在地里干活，家里种了烤烟，要爬一个多小时的山到地里挑烟叶，路十分陡峭，很多石旮旯，稍不注意脚底就会打滑，草篮子里的烟叶和人一块滚到沟里，有时候下雨，分不清楚是雨还是泪水，在那条路上走了数年，跌倒多次，抱怨多次，恨自己为什么出生在大山，出生在这样的家庭。

秋收过后，牛便可以赶上山了，早上赶去，下午再去赶回。一群发小会在山上打扑克，烧红薯吃，每个人的脸上都沾着红薯和炭灰，手上和脚上满是荆棘的划痕。有一天，我突然在一处岩石里看到一棵斑鸠树，长得茂盛，便摘了一片叶子放进嘴里，有些香也有些苦，急忙吐了出来，想象不出母亲是用了什么绝技，让这叶子变成了豆腐。我拿着叶子问大家："你们吃过斑鸠豆腐没有？"

"吃过的。"

"什么斑鸠豆腐？听都没听说过。"

小伙伴们有人喜悦，有人好奇，有人也学着我去吃树叶，我家的牛过来凑热闹，一嘴便吃掉很多斑鸠叶，它用头蹭着我的手，像是在撒娇。那纯真的年代，每一天都是快乐的，听着清晨的鸟叫，看着美丽的落日，我们向往着离开大山去大城市，去追求梦想。

十几年前，村子里开始修路，有条件的，可以修到家门口。我们那一帮放牛的伙伴，有的小学初中毕业便去了广东浙江，大多数人都买了车，春节时回到家里，每家门前都停了车，却再无儿时的热闹。

那种一到腊月孩子们就开始放鞭炮，女人们在一起推磨，做各种美食的场景不见了，村子里异常冷清，就连过年时也只是应付性地搞完仪式，然后坐在麻将边，或是玩手机。桌上是山珍海味，名烟名酒，各种水果……儿女成了客人，来去匆忙，留下年迈的父母，在孤寂的院子里坐着，依然是花香鸟语，依然是美丽的黄昏。

我已然不记得那棵斑鸠树长在何地，当年种植烤烟的地早退耕还林了，近一点的地也种上了茶叶或果树，公交车早几年就进了村里，人们不再走六七公里去赶集，小商贩每天都会在村路上吆喝，很多人的木屋变成了砖瓦房，就连石磨也变成了电磨。村庄发生了翻天覆地的变化，但人情味却变淡了，一些人去了外地或是县城，田间地头走动的大多是六十以上的老人，红白喜事也没以前热闹，大多选择饭店或山庄。

美丽的家乡还在，青山更青，绿水更绿，人们的生活一天比一天美好。

记忆中的水果糖、油榨粑、黄锅粑、绿豆粉、气皮粉、炒米糖、豆腐、腊肉……却被令人眼花缭乱的商品替代，就连种植的蔬菜，没有肥料和农药，似乎也无法端上餐桌。那些曾经带给我们温饱的土地，长满了树木，或是被肥料农药吞噬；那些曾经一起吃烤红薯的伙伴多年未曾联系，山坡上再无牛羊；那些曾经被村民诅咒的路变成水泥大道，却没有了邻里的友情，没有了一家有事百家帮忙的繁华。

留在我记忆里的那棵斑鸠树，也变得沧桑，甚至模糊。

风从很远的地方吹来

周小霞

1

风从很远的地方吹来，蜷伏在这个安静的村落。一场雨过后，山上岭下的辣椒田像蓄足了一夜的精气，孵出大片大片的赤红。这个时候，辣椒田开始生动起来，采摘辣椒的时节到了，种辣椒的人家背上背篼、挎上竹篓，纷纷赶赴辣椒田。农家上工不用谁喊，只要有一家站在田地中，其他的就会山山壑壑地跟上来。尤其是镇里赶集的前一天，老老小小的身影如同一粒粒壮硕精实的辣椒撒在每一厢辣椒田。

天上云朗气清，地上辣椒成林。风轻轻地吹来，从一株辣椒到另一株辣椒，从一片田地到另一片田地，从一阵话语到另一阵话语。坎上的问：三儿的妈来信没有？那个厂工资高不高？坎下的说：听说红儿的爸在城头挣到大钱了……人们一边采着辣椒，一边大声地聊着山外的事情，在空旷的闲言碎语中，把成熟的辣椒一采而空，期待明日背到镇上能卖个好价钱，买下家里盼望许久的某样物品。

密密麻麻的辣椒树，挤满了村里人的梦。

2

村子四周都是高高凸起的山，山上长着密密匝匝的松柏，还有一些我叫不出名的树，树上常有鸟雀啼鸣或飞起。我不知道第一声鸟鸣是如何将村子唤醒的，就像我不知道婆是如何在天色微明时穿过浓雾去到田地一样。"蛮，快起来吃荞荞，一会儿没有了。"我在婆柔声呼唤中醒来时，一背篓红辣椒已经躺在了墙边。晨光穿透木窗棂斜打在婆身上，婆脱掉沾满泥土的胶鞋，解下系在腰围的塑料薄膜，一滴滴晨露从她身上滑落。

午后，我也背着小背篼跟在婆身后，穿过一道道田埂去采摘辣椒。那时天总是特别干净，像刚刚擦洗过一样。我学着婆的样子，沿着辣椒树一排排摘过去。那些鲜红欲滴的小辣椒挂在枝头，在阳光的照射下，油亮得耀眼。而我最大的快乐，是扒开辣椒叶时发现的小惊喜，有时是藏在地上的西红柿，有时是忽然蹦出的秋蚂蚱，有时是几朵小野花……

这一大片辣椒田，并不都是我家的。靠路边的两块是黑三家的，坎上是小红家的。黑三、小红和我一样，都是被父母遗留在老家的孩子。那时改革开放的春风刚刚吹来，山里的年轻人一个个都怀揣着淘金的梦想，扔下祖祖辈辈耕耘的土地，背着行囊朝外走。有的去了广东，有的去了浙江，还有的去了更远的地方。于是我、黑三、小红便成为最早的那群留守儿童之一，跟在各自的婆或外婆身后，与田埂为伴。

那时我们经常爬到辣椒田最高的一处山丘上，眺望着远方一道道山梁，想象着山梁后面的地方。风从远处吹来，浩大而深阔。我记得黑三经常恨恨地说：我长大了就到山那边去。

去干什么？我问。

黑三说：打工！

3

卖辣椒是有规律的，越早价格越高，到下午时，通常会比早上低出几毛。所以每到赶集的日子，婆总是天还没亮就打着电筒出发。

通往集镇的路是泥石路，有近二十公里的路程。路不好走，一遇到雨水就溃烂不已，坑坑洼洼，湿滑难行。两边经常碾压的地方到处都是大坑，一场雨过后很多天了仍然会有积水，但在电筒光下不注意看会以为是平软的黄泥路，人踩上去才知道是积水，等发现时脚上已灌满泥浆。婆就这样深一脚浅一脚地踩着这条泥泞路，一次又一次把辣椒背到集镇。

后来，我也一次又一次地踩着这条泥泞路上小学、上中学。那下雨后的路面，那路上浊黄的积水，那沾满裤腿的泥浆，简直就是童年时的噩梦。以致后来的许多年，我始终低着头走路，生怕踩到路上的坑。婆总是说，要是这条路能像镇街上的路面那样就好了。其实那时镇街上的路也是泥石路，只不过两侧修有路肩，路中间铺满了碎石，没有陷人的水坑而已。

卖辣椒时，婆总是显得很紧张，生怕买家讨价还价。若遇见心狠的商贩压价，婆就会说话语无伦次。山里人的骨子里，有着与生俱来的驯良，如同山里生长的羔羊，太多的时候，只是等待被宰割。卖辣椒所得的钱，婆总是一元一角都伸展，整理好，用装盐的口袋或者装洗衣膏的口袋包了又包，才放进最贴身的口袋里。这些钱，一部分要用来偿还春天欠下的肥料钱，一部分留给接下来捉襟见肘的生活。

4

婆总能用辣椒做成各种美食，糟辣椒、酱辣椒、风辣椒、辣椒粑。我最喜欢和婆一起磨酱辣椒，婆把辣椒洗净后放入木桶，加一些薤白、蒜瓣、食盐，搅拌均匀，然后放进石磨里碾压成酱海椒。祖母推磨，我便用木勺子将辣椒一勺勺地舀进石磨，眼见着辣椒酱从上下两扇扣合着的石磨缝隙间慢慢溢出，香浓鲜辣的味道瞬间弥漫开来。婆用土坛子将磨好的酱辣椒一坛一坛地装好，置于阴凉避光处，等它发酵、沉淀，整个过程没有一丝现代器具的沾染。一段时日下来，便可启坛尝鲜了。虽然婆总说这酱辣椒如同美酒，放置越久越香，但我总是迫不及待地要婆在饭桌上给我备上一碟，那种发酵不彻底，还带有生味的感觉至今仍锁在记忆深处，以至于后来的许多年，虽尝遍世间滋味，却始终无法对上那一串舌尖上的密码。

进入腊月以后，我和村里的孩子都喜欢到辣椒田那里玩，那里比较宽阔，又高，能清楚地看见村口那条路。老人们说，快过年了，外出打工的人也快回来了，但具体哪天回来，我们都不清楚，回不回来我们也不清楚。我们只是在辣椒田边等着。

我的父母好多年都没有回来过年。过完了年，婆就从坛子里舀出酱辣椒，加上些豆子，用自家种的菜籽油炒得喷香，待冷却后找两个罐头瓶子装了密封好，托回来过年的人给我父母带去。在那个年代，在婆的认知里，加了豆子的炒酱辣椒也许就是人间至味了。后来，我在城里念书的那些年，每次上学时，婆也总会这样给我炒上两瓶酱辣椒炒豆子。

那年过完年，黑三和小红也跟着他们的父母去了远方。没有了玩伴，我一次次孤独地坐在田埂边，望着远方的山梁发呆。婆说，蛮好好读书，将来就能读到城里去。我想，城里应该就是爸爸妈妈打工的地方吧！

我说，嗯，我要读到城里去，我要把婆也接到城里去。

5

每年放假，女儿都吵着要回老家玩，每一次回乡她都很兴奋。这些年乡村的日子就像入秋后的辣椒，一天比一天红。当年辣椒田下的破房子，现在是新建的农家乐，民宿，避暑山庄，一辆辆旅游车不断地从远处驶来。在微信朋友圈里看见，家乡的官媒平台推出了一日游、两日游、三日游等多种旅游线路套餐。如今，家乡也成了别人想要去往的远方。

　　我牵着女儿的手走在曾经如此熟悉的地方，给女儿讲起辣椒田边的那些往事，我给女儿说她出生的地方是我童年时梦想到达的地方，也是老祖母一辈子都没能去到的远方。女儿竟笑了起来，问老祖母为什么不去。我没有责怪女儿，她怎么能理解三十年前的乡村？

　　婆已经过世十多年了，就葬在辣椒田不远的地方。她没有等到我把她接进城里的那天。也不知道她在那边过得怎么样，还会不会有种不完的辣椒田，走不完的泥泞路。

　　这些年家乡交通发展天翻地覆，路越来越好走，我在城里念书那几年，没有高速路，每次放假兜兜转转需要五六个小时才能到家。现在高速路飘带似的延展着，集镇旁边就是高速路口，每次回去一个多小时就到了。当年婆深一脚浅一脚走过的泥石路，如今也是宽阔的水泥路。山乡的变迁如同一本厚厚的书，最沉重的一页已经翻过去，并永远地留在了昨天。

　　女儿说她长大了想当老师，我问想当高中老师还是大学老师。她说想在老家当一名乡村教师。我心里不禁微微一震，老一辈人拼命想要逃离的地方，却是今天的孩子向往的远方。或许，我们之所以逃离，其实是为了归来；我们之所以想要去远方，其实是为了更好地抵达出发的地方……这是不是一代又一代人奋斗的终极意义？

　　山上的辣椒又红了。风从很远的地方吹来，又向很远的地方吹去，带着辣椒田的梦。

云边有碗米豆腐

邹　弗

　　路像一屏无限翻涌着没有尽头的波浪，阳光穿透云层，远处，上下起伏的山丘仿佛是在波光粼粼的湖面中不断跃动的鱼，山体的巨影现在很斜，临近黄昏，阳光将整个世界拉成长而斜的比例。我们脚步轻快，和着路两旁虫鸟鸣叫的声音踏步而走。路是马路，山是喀斯特地貌山，照常，这样无限动荡着的路是没有尽头的——但有唯一的目的地，那就是在路的极远极高极蜿蜒处，紧挨着天边低垂的云朵的青草旁边，有一个小小的荡漾着乳白色光泽的米豆腐摊。

　　这种米豆腐摊在以"丹砂"为称的小县城是很常见的。或街边或菜市，或者逢上三五天一次的乡镇赶场日，人们在这天纷纷走上街市，将往日堆积的需要交换与购买的物品、工具都妥善处理完成之后，并不着急散去，每到这时候都仿佛有着约定似的，在米豆腐的小摊前围坐下来，叫上一碗在心里等待已久的米豆腐，累积的食欲也就此翻涌了上来。

　　摊主应答一声，便用手揭开那层罩在上面的白云似的纱帐，亮出底下切好的米豆腐来，它们是一条条形状大小如同手指、一块块厚度和切片又如同豆腐的米豆腐——这也就是"米豆腐"特色与制作过程赋予的来历：将大米用水与熟石灰泡到一定程度，沥干水分，再将其除去石灰水并磨制成米浆，搅拌均匀以小火加热，将米浆熬制成块状且不黏稠的米糊，最后倒入模具中等待冷却脱模出来就算完成了，这时候的成品不管从色泽、形状，还是触感与配料方式等都与豆腐极为相似，所以就被叫作米豆腐。在中国西南一带，特别是云贵川湘等一带米豆腐成为一种古老的传统美食，最后发展成极具地域色彩与地方风情的民族特色，不同地区与不同民族之间做法也不尽相同，甚至往往发展成一个传承脉系或者民族美食体系，当然这期间的区别自是不能用好坏标准衡量的，只能说各具特色。在米豆腐的吃法上，经过几千年的发展，已经从最开始的凉食到煮、炒、凉拌等多种样式的吃法共存了，但最多的还是凉食，这也是最初人们对于米豆腐的定义与功能的评价：在炎热的夏季，冒了老远去街镇上吃一碗米豆腐，具有清凉解暑、消除疲劳、抗饥解渴乃至于愉悦身心的作用。

人们的目光随着摊主的身影而转动，现在，人们眼中只剩下了对米豆腐的渴望。摊主手起刀落，那手掌大小的米豆腐犹如一块晶莹剔透的凝结的油脂，雪亮的刀子轻轻划进去，再顺势往下一压刀身，接着纵横一划，米豆腐就变成仿佛艺术品似的条形和块片状了，添加一些放入原先就盛有米豆腐的瓷碗当中，然后就来到了一碗米豆腐的灵魂部分——配料。配料的好坏直接关系到一碗米豆腐的口感，是一碗米豆腐最终成功与否的关键，因此怎么配料也成为一种需要长期去积累和琢磨的技术，独特的经验与配方往往又成为一家（或一处）米豆腐的独特优势。一般而言，主要配料包括辣椒酱、葱姜蒜、酱醋盐，三分之一碗的酸汤水，如果酸汤水不够，可自行另打一碗，但很少直接加入米豆腐碗里，这样会大大冲淡一碗米豆腐原本的味道。

只见摊主犹如画龙走凤似的在碗里添加配料，配料完整了，一股精气神顿时就从冷冰似的米豆腐里苏醒了过来，开始动腾和飞跃，一下子白玉、青山与绿水竞相活络，凝痴之间，就见云蒸霞蔚，天光齐抖，人与物与天地同存于镜面中而已，人生虚晃，甲子飞信，岁月如断层的瀑布倏忽流逝，茫茫天地之间，只有一片白雾笼罩的青泥，其间隐隐有声语：盈虚之有数乎？盈虚之有数……还在你恍神的时候，摊主已经将米豆腐端来放在了你面前，你看着这碗米豆腐，仿佛里面跳动着自己的前世今生，而你来到这里，它也正好出现在你面前，其间有说不定也暗暗萦绕着因果循环的命数。

你吃了第一口：软糯、酸爽又夹杂着米粒内部的清香；你细细品尝，那种感觉仿佛是十年前的自己站在家门口不远处的稻田上，对天边流动的云朵充满好奇与遐想的时刻，你那时候还没有想清楚世界到底是怎么一回事，你能依靠的只是你所有的感觉，在迷糊中，你隐隐听到有个熟悉的声音在世界的某处一遍遍呼喊自己的名字……你开始吃了第二口，酸的辣的刺鼻的，甚至夹带一丝石灰未完全淘尽的苦味儿，各种味道一起交织于味蕾与咽喉之间，再进入肠胃，不禁让你想起被冰雹砸穿的庄稼以及尚未修补完整的房屋……不觉之间，你已经开始了第三口以及后面的诸多口，从第三口开始，你明显就吃得顺畅多了，三是终极也是开始，道生一，一生二，二生三，三生美食——

这个时候米豆腐又重新归于米豆腐了，和一般的食物并没有什么区别，直至你将它吃完，你知道，这碗米豆腐已经经由记忆彻底成为你身体乃至整个生命的一部分。

你那时如果抬头向后凝视，就会看到在你那奔腾的生命长河的中下游，在不经意的翻涌之间，有一朵浪花正以瘦小的身躯逆流而上，那就是我——许多年以后，你成为了我，而我就此成了你，我生活在这个已经是翻新了十几年之后的城镇里，这时街镇上曾经那样的小摊米豆腐已经很少见了。我们一家人都搬进了城里，而我终日为求学读书负笈远方，从西南到东北再到三国交界处，每到一处，便尽可能穷尽当地的各种美食，但终究再也没有见过他乡的米豆腐了，关于家乡米豆腐的经历与记忆也犹如一场梦一样竟使我终日辨不清虚实：有时觉得这是真的，有时又怀疑那只是我混乱的记忆罢了，由错乱的梦境引起。

我更少回老家了，暑期也不回，但过年是终须回去的。在城里索然无味地过着，不断期待着开学的日期。父亲或许也看到我的闷闷不乐，有次竟高兴地对我说："走，去大坪吃米豆腐去。"我一惊，仿佛在刹那之间所有关于米豆腐的记忆又全部活过来了，想到米豆腐对于务川人来说，是永不会就此断绝的美食，不过那种十几年前的小摊形式肯定不复存在的了，只有店铺形式的。一到街上，果然只有一家店铺生意的米豆腐，老板是一个有点驼背的老妇人，与她交谈，她说以前他们就是做小摊米豆腐生意的，后来慢慢做大了就开了这家店铺，老板的话使我渐渐明悟过来：米豆腐终究是不会消亡的，只是不断以更新发展的形式继续存在下去，也许这家店铺就是当年我所在的某个小摊子的长河上的一朵飞溅出来的浪花，逐渐演变成了一片新的汪洋。

　　走回去的时候，我望着不断缩小在眼前的米豆腐店铺，想着：这条街道或许并不止这一家米豆腐店铺，毕竟我还没有全部走完，毕竟街道也不是这条路的全部，在这条路上，一定还有更多的米豆腐店铺存在着；这条路有没有尽头呢——或许有，在它一眼望不见全貌的尽头，在路的极远极高极蜿蜒处，紧挨着天边低垂的云朵的青草旁边，有一个小小的荡漾着乳白色光泽的米豆腐摊，这是最后一家米豆腐摊子，它轻盈、小巧，在天的那边和云的那端仿佛亘古存在。

老屋味道

潜　鸟

　　距安顺北街老屋的拆除已有三年。前些日子，我们回去探望，见整栋楼房被敲掉了一半，突兀地袒露着一个闪电般的豁口。砖石凌乱地落着，缝隙里又生出一些野草来。野草肆无忌惮地长，仿佛想要遮住这一院子的寂寥，却使得寂寥难以遏制地扩散开来。我站在野草间，恍然感到老屋正在变得越来越模糊，离我越来越远……

　　老屋宛若一艘鼓胀着风帆的大船，消逝在碎石满布的茫茫沧海里。我盛放在老屋里的童年，像破碎的肥皂泡般消散了。

　　微尘在老屋窗棂的阳光中翻滚，我坐在木椅上，爷爷在一旁唱着"长亭外，古道边……"歌声在微尘中悠悠地飘浮着。老屋里少了一个人，墙上多了一个相框。人们说，我的太太（奶奶）去了很远的地方。我懵懂地听着，莫名的空虚感再次袭来，仿佛灵魂中有什么被抽走了。我极力想象全家人都陪伴着我，却依然无法消弭这种难耐的滋味。在我刚来到世间的头几年，这样的空虚感时常在骤然间袭来，在骤然间消失。后来，我意识到它想要传达给我的信息——人大抵是孤零零地被抛到这个世上的，无论身边暂且有多少人陪伴，人终将独自把这段旅途走完。

老屋里的光阴静谧而漫长。苔藓在洗手池的墙壁上织出柔绿的纹理，浴室的地砖上总是游荡着一队蚂蚁，蜘蛛在角落里年年结网。太太离世后，爷爷独自住在老屋里，练字、写诗、泡茶、作画，用数不尽的爱好排解着不为人知的孤独。他的三个子女时常携家人前来探望，一到周末，老屋里的空气便活泛起来了。爷爷家的伙食很好，我迫不及待地踏上老屋的台阶，嗅吸着溢满整个楼道的炖鸡鸭或排骨的温润香味。每家的饭菜香味都是有所不同的，一闻到最熟悉的那个味道，便知这里就是家了。全家人围坐桌边，喝着肉汤和鱼汤，吃着当季的水果、糍粑和点心，幸福在老屋客厅的空气里浅浅地弥散着。

岁月在每一餐饭食中安然流逝，那些熟悉的味道却未曾消隐过。身边的人来来往往，身边的环境时时流转。我身处在人群的喧嚣中，也身处在不断地结识与离别所带来的孤独中。我努力向前奔跑，想在变化的世界里抓住一些东西，却什么也抓不住。蓦然回首，我从未真的跑远，而是一次次被梦境拉回了记忆深处的家乡。

家乡在发展中改变着，家中饭菜的做法也随之改变。起初，父亲他们要做好糍粑和香肠迎接过年。糍粑在年前做，要先蒸熟糯米，用杵子打成黏稠状，包进蒸熟的小豆，搓成一个个圆形的、软糯的糍粑。香肠腊肉在冬至后做，要先把肉腌制好，灌进猪肠的薄衣，切出块状的腊肉，再用木屑与松柏枝熏烤。烤好的香肠腊肉挂在火炉边，琥珀般晶莹的油渐渐地从肥厚的脂肪里渗出来。随着时间推移，市场上能购买的东西越来越多，人们可以买到做好的糍粑和香肠腊肉，也就不再亲自动手制作了。打糍粑的石钵就此退出历史舞台，变成了柜子下的"古董"。但无论怎样变化，老屋里饭菜的种类始终如一。辣子鸡、炖鸡、糟辣椒鲤鱼、香肠、腊肉、血豆腐……每年的年夜饭必备这些菜式，它们构成了我的一部分筋骨和血肉。

小时候，家乡的交通较为闭塞，导致食物的来源匮乏。洋快餐尚未出现，高档的虾蟹都很难吃到，常见的食材只有当地产的蔬菜、肉类和鱼。然而，家乡的餐饮却格外丰富，这里的人不适合做实业，不适合搞经济，唯独擅长的是做小吃。我的整个童年都泡在小吃里，就算吃不到大城市的高档料理，也心满意足。走在家乡街口，抬头望见一缕寥寥的青烟升腾直上，混入东林寺悠远的钟声里。青烟下方通常停着烤豆腐果或烤羊肉串的推车，独特的炭火气味不住地钻进鼻腔。多年之后，电炉和燃气炉代替了家中的炭火，小摊上的炭火却还在，以亘古不变的独特香味抚慰着喜爱它们的人。

我盼望那缕青烟不要在时间的流逝下消散，盼望着家乡小吃熟悉的味道，不要轻易地被改变。

比起一道菜或一间房屋，人更容易被一种价值观或社会风气所改变。过去，我和表姐在老屋的床上午睡，醒来时吃着爷爷蒸好的红薯和花生。晚辈们常给爷爷捶腿，捶完后爷爷会给我们切一块红糖。我等着酥软的糖在舌尖融化，迟迟舍不得咬碎了吞下去。时过境迁，我回味着那块劳动换来的红糖的甜蜜，却见长大后的人们被纷繁复杂的社会所熏染，渐渐变成了另一番样子。一些人像扑火的飞蛾般，沉浸于金钱和欲望的诱惑里，一次次跌得鼻青脸肿。而我孤独地留在梦中的老屋，嘴里含着爷爷给的红糖，未曾从童年里走出来过。

拆迁的那几年，老屋和爷爷被岁月永远地留在了过去，而留下来的我们还要继续向前走。拆迁的创口在我心中刻下一道划痕，老屋住进了这道划痕里，变成了我的一部分。我不是一下子变成现在这样的，我是无数的过往一点点聚成的。有的人想要磨灭自己的过往，想要将自己全然地包装成社会价值体系下光鲜亮丽的形象，被社会虚假的评价体系所左右。而我跌进了社会的染缸，又被打了回来——社会的染料无法浸入我的肺腑。在我的身体里，始终埋藏着童年的家乡，埋藏着那些熟悉的味道，埋藏着一个个离去的人。这些事物对我而言的价值，远胜于社会既定的那些价值，使我全然无暇顾及他人的炫耀和嘲讽。

那些熟悉的味道，是我在一波波社会浪潮中，在清明与污秽中游走时恒常的心锚。

老屋的消逝仅仅是一个开端。几年来，诸多消逝接连发生，使我无所适从。随着拆迁的进程，家乡的一批房子倒下，另一批房子又如雨后春笋般涌现出来。如今的街道半旧半新，是我熟知的那个家乡，却又不是我熟知的那个家乡。另一些消逝突如其来，打得人措手不及。邻居家会做药酒的老太太不在了，她的药酒也从这个世界上永远地消失了。家乡卖炸土豆的人不在了，那个有名的牙医也病退了……而当我为了家里的饭菜考量，无意间在厨房里做出了家乡炸土豆的那一瞬间，我意识到一些事物可以经由我的双手留存下来。我的绵薄之力，竟然可以挽留下世间一些微不足道的事物，这给我带来了些许慰藉。

世界在巨变，家乡在巨变。房屋会变、人心会变、饭菜的做法会变，记忆中的味道却未曾改变过。我在厨房里烹饪，回忆着那些熟悉的味道——老屋里饭菜的味道、童年小吃的味道……在一个个熟悉的味道里，我感受着生命的存在。渐渐地，眼前的事物变得模糊，遥远的事物变得鲜活。我沉浸在往昔里，一个个梦境在我的眼前生动地展开。我看不清外面的世界，却在内心深处回到了消逝已久的那部分家乡。我推开老屋的木门，爷爷坐在写字台前练字，我坐在他的身旁，全家人都陪伴着我，每个人都还是最初的模样……

过去的那种空虚感，已经许久没有出现过了。孤零零地来到这个世间的我，空无一物的灵魂，或许已被人生经历所带来的种种感受、被那些裹藏着回忆的味道所填满。家乡的味道时刻萦绕在我的梦中，与我共同走过人生孤独却丰盈的旅途。

给城市的歌

白祎炜

有雨落青苔，滴滴答答，萧瑟的风划过经久失修的红漆木门，枣红色的漆早已掉落得斑斑驳驳，在郑州荫翳的秋天，潮湿的水汽蒸腾着花岗岩包裹的楼房，将里面木头制的门、柜子、床、雕花镂空屏障，一起融化，挥发，飘散在空气中。

"木"本性敦厚质朴，用以贮藏几代人生命的时光最合适不过。古时的达官显贵，家中女眷往往爱用名贵木材来打造首饰盒，什么黄花梨、紫檀木、金丝楠，外层抛光打蜡，再加之黄铜稳固，金银装饰，一套下来，可不比盒内的珠宝首饰逊色。中华人民共和国成立后，人们仍偏爱用木头来打造大件的家具，一个红漆木衣柜，里面砸上白色棉布衬子，抽屉里再放上一包白色的樟脑丸，往屋里头一摆就是几十年，这是老郑州人的习惯。这几十年间，人们的话语、情绪，哭声笑声，分分合合，全都在木衣柜前上演着，久而久之，这些独属于人间的温度与真情便都渗入了这木头中，在其中凝结，沉淀，然后又遇到这样一场秋雨，便就着潮湿的空气挥发出来了，夹杂着古老的樟脑丸的味道，氤氲在空气里，改变了空气分子的密度，使之变得沉重，成为厚重史书的一部分了。

上古时期，轩辕黄帝在这片中原大地上，大刀阔斧，劈开了混沌与愚昧，发人文，创中华，自此，上下五千年的华夏文明就随着滔天的黄河水从这里咆哮着驶向世界了。在这片广袤无垠的平原上，每一锄头下去翻出的土壤，都透露着中原人的血性：农民起义军，开封府挂帅，铁马金戈踏梦而来，这里曾经风起云涌，承载着无数英雄豪杰的壮志野梦。可如今，一切早已归于平静，厚重的黄土掩埋了一切，将那曾经的喧嚣与繁华埋藏于地下，只剩下他们沉默的后代，光着脊背，耕作着无声的土地。

我就诞生于这层土壤，生于此也长于此。没有体会过她作为都城时的辉煌，轮到我到达时，繁华早已落幕，因此，在我的印象里，郑州一直是一座木制的城市，安静，平和，在中国版图上中间稍北一点的地方，不紧不慢地运作着，将麦育熟，将稻扶高，无怨无悔地耕种这片生长着血肉的土壤。

人们都说"没有梧桐，不成郑州"，我的青葱岁月就是伴随着这一城低语的老树降临的，我的年少，我的青春，都被覆上了一层浓郁的苍翠。

在无数个不尽的夏日里，黏稠炙热的午后，我和独属于青春的面庞，在被晒得蒸腾的柏油马路上疾驰奔走，漫无目的，却又兴致勃勃，只因有了岁月的笼罩，所以一切都变得理所应当。树影里是淡淡的蓝紫色雾气，偶有一阵卷着蝉鸣的夏风吹过也是滚烫的，风里满是干燥灰尘和树木的气味，我在这热风里高声叫喊，肆意喧闹，奔向我那未知的未来，反正时光是这样缓慢流淌，梧桐道路又是那样漫长，我还有许多时光，我想。

于是我在迷蒙的午后趴在窗户边，握着水笔，在城市统一发放的中学生作文本上落下一笔笔充满幻想的文字，傍晚赤色的风从天边吹来，暖暖的，混着别家做饭的烟火气，呛得我直打喷嚏，我只好赶忙关上窗，这才发现已经挡不住外面如水的月光。日子就这样一天天溜走，奇妙的念头在我脑海里从未停止盘旋，可即便在那时，我也没有想过要依靠文字为生，它不用沾染上柴米油盐的沉重现实，只需要在夜幕低垂时披上华光织成的头纱，同我一道蹚一蹚这冰凉的月色，向我虔诚地许下一辈子的时光，只可惜能被称为年少的日子太短，我还没来得及把那筐快要溢出的念头写下来，就要落幕了。

"咣当咣当"，冒着蒸汽的火车将这座宁静的绿城，与我的青春一并拉走了，取而代之的是子弹头般冲进站的高铁，光影交错间，闪光的铁路上拉来了一个崭新的城市，从那之后，这座曾经属木的城市成了中国的交通枢纽。地面上的梧桐仍然高大，而其下盘根错节的茎脉却改变了跳动的频率，整个城市的转速日益增长，名声也在祖国的版图上越来越响。我熟悉的家乡，生长在农田上的家乡，竟一跃成了新一线城市，而我也仿佛被挤上了这趟象征着未来的高速列车，飞驰的车轮使我从童年里脱离了出来，等到车门再次打开时，我已然是一个成年人了。

我背着这副陌生的躯壳，机械地行走在规律的人流中，按部就班地走过了高考的独木桥，却终究是没能走出这个平原，我被遗落在这片大地上，困在了丛丛麦秸垛里。代表着城市化的高楼如春笋般从地下一栋接一栋地拱出头来，顶破了梧桐最高的树冠，形成了现代化的钢筋森林，线网络在城市上空织成的网似乎比雨后蜷在墙角吐丝的蜘蛛更受欢迎，虽然蜘蛛的网丝精密得可以捕捉空气里的雾滴，可总归还是来得太慢。气温的高升似乎为地球加满了燃料，推得它在宇宙中旋转得愈来愈快，这给人们造成了极度的恐慌，因此无论做什么都得是一点五倍速：不断突破极限的火车，盘旋的高速公路，G前面数字越来越大的网速和三秒滑过的短视频。我跟随着这个时代越跑越快，习惯了快餐式的知识投喂，耐心变得越来越单薄，最后连思绪都被打成碎片散落一地。

空气里的味道变了，浮动着的不再是缓慢游移的木制香，那味道越来越稀薄，到最后几乎消失了，整个城市中，唯一的一点可能最后残存在我的鼻腔里，可到现在，我也不敢保证究竟还有没有了，因为现在就连秋雨也已经榨不出一丝一缕了。

怎么会？这个发现惊得我整夜整夜睡不着觉，我蹑手蹑脚地回到那幢有着花岗岩的老房，拉开红木柜子的门，将手穿过那摞叠得整整齐齐的丝绵衣服，在爽滑的触感中抓到了几颗圆圆的小球，我忙把它们装进口袋，然后再次坐上了一班不知驶向何方的火车。熙熙攘攘的人群中，我摊开手掌，却没有木头的味道，只有淡淡的樟脑丸的清香，这才拿出来多久，它们身上便连一丝木香也没有了，我赶忙抓起自己的衣领嗅了嗅，干瘪瘪的，就和这樟脑丸一样，也只剩一点洗衣液的味道了。

我身上没有木头的味道了，失落地走在街头，轰鸣而去的摩托尾气烫伤了我裸露在外的一截小腿，路边水管里流出的水似乎不够冰凉，因此对于我灼热的皮肤没有起到什么缓解的作用，我只好继续向前走着，直走到天色的光线被一缕缕收了起来。夜晚来临，四周的声音都静了不少，仿佛离开了人类世界，我踏着步，脚下忽然响起水声，抬腿踢了一下，竟飞射出星星点点的蓝光，待到落回到地面上时，发出了滴答滴答的水一般的声响，在原本应是柏油马路的地面上荡起了圈圈涟漪，我又往深处走了几步，那蓝色光圈竟如水一般凹陷包裹过来，贴着我的小腿，形成了两个摇摇晃晃的蓝色光圈，白天被灼伤的地方好像一下子被安抚了，褪去了潮红，安静地浸在水中。

是月光，是很多年前的那晚流进我屋子里的月光，我俯身捞起一把，看着它从指缝滑走，思绪纷飞，仿佛又回到了那个倚在窗户旁的傍晚，那个简单纯真的年代。我已记不得那天在作文本上写下的究竟是什么，只记得被阳光焐热的书和本子散发的木香充满了整个房间，我已经有多久没有好好读过一本书了？电子设备早已在不知不觉中侵占了我的大脑，让我将曾为文字织的月纱遗忘在尘埃里，因为走得太快，以至于我再没看到夜晚月光慢慢堆积成水的过程。

我恍然大悟，急忙踏月回家，在红木柜的角落拉出了那匹沾满灰尘的白纱，抖落灰尘，一股熟悉的木香一下子扑面而来，盈满了鼻腔。在湍急的水流中，我选择驻足，捡起月亮如水如丝的光线，继续缝补我的白纱，我还要缀上几片梧桐树叶，牵来几缕高铁燃出的烟雾，还有金黄的稻壳，肥沃的土壤……我知道了，知道了那时的我在作文本上写下的是什么，那句话是：

"我要凝固飞驰而过的时间，我要缝织这座木香的城。"

借宿沫阳村

班卜阿雨

借宿是个见外的词，但对于黔南的沫阳村，我不是外人，却又近乎外人了。

沫阳村口有一条大河，名叫沫阳河。河水由大小井溶洞两股地下水在地面汇合而成，浩浩荡荡一路向东，不出十里就到达沫阳村口，却被一条南北走向绵延几十里的山脉挡住去路。

曾经，山与水在村口缠斗，历经万年。最终，沫阳关失守，山脉被拦腰斩断，切口成为峡谷。奔涌的河水扬长而去，与罗甸县城擦肩，入红水河再入珠江，最后消失在大海的怀抱里。

千百年来，河流上游冲刷来的泥沙，在沫阳关口回旋、沉积、停留，又在某个时刻被河水咆哮着带走。就像我，生于斯长于斯，却如不速之客，不时借宿又不时游走。

20世纪80年代初，沫阳村便有上百户人家，我就出生在村子里一个叫湾子头的地方。房屋依山而建，横向相连。由于当时清一色干栏式木瓦房，四周围挡是牛粪浇铸的篱笆，隔音效果极差，加上湾子头喇叭一样的地形，因此我虽在夜里出生，第一声啼哭却异常响亮，弄得全村鸡鸣狗吠、尽人皆知。当年父亲三十六岁，在农村已属晚来得子，于是大喜过望，连夜制作生食的糯米甜粑分食乡邻。后来我满怀期待地询问父母，我出生时天空是否有什么异象？他们都说，月黑风高、鸡犬不宁而已。

母亲瘦弱，之前生了我的两位姐姐，元气大伤。所以，即使母亲要偏爱我，我也用上了吃奶的力气，但她干瘪的乳房里，留给我的乳汁并不可观。缺乏母乳又没有奶粉的年代，我儿时瘦小的身材就成为那个时代最显著的特征和最普遍、最合理的存在。

20世纪80年代后期，村里人人一日三餐皆可饱腹，但油水太少，其他零食小吃更是罕见。因此，常年吃素的人们的听觉嗅觉味觉视觉都极其发达灵敏。听着隔壁邻舍切菜时刀与砧板碰撞的声音，我就能准确判断邻家的菜谱；昨夜妯娌间张家长李家短的悄悄话，一早便能传遍全村，成为公开的秘密。

我能看清两百米开外的蒙姓人家门口那棵高高的枇杷树，能清楚记得树上枇杷在我的注视下是如何一天天一颗颗变黄的。传言主人家在树下安装了看不见的"铁猫"，被夹住了就像老鼠一样无法挣脱。想想老鼠被夹住的惨状，我始终不敢向树下靠近半步，只能整日悄悄地吞咽着流到嘴边的口水。

一天中午，我和伙伴们终于按捺不住，五人各拿一枚小石块同时往树上扔去。随着噼里啪啦声渐次响起，放眼望去，一粒枇杷也没有打下，所有的石块却全部砸到了主人家瓦面上。男女主人手持响篙呼啸着夺门而出。一时间，整个湾子头就沸腾起来，跳骂声、狗吠声、响篙拍打声交织，家家户户闻声都探出了新奇的脑袋。而我们早已不见踪影，一口气跑出百米开外，大气不敢出地躲到黄家的牛圈里，弄得满腿牛粪，直到天黑才敢摸出来。

邻居蒙老太家位于我家大门口下方，瓦面相隔门前石阶不过五尺，半夜门口尿尿，我能轻易尿到她家房顶的瓦片上，清脆悦耳。在我的记忆里，蒙老太是村里最早做生意的人。每当大铁铲和大铁锅在深夜里沙沙作响，我就知道是蒙老太在悄悄炒瓜子了。这时，我的母亲就会带上我，佯装串门，然后谈笑间在大锅里抓一把塞进我的小裤兜里。滚烫的瓜子烫得我赶紧提起裤兜往家里跑，瓜子总是落了一路。

当然，在父母心情好时，也会赏给我们几毛钱，让大姐二姐带着我去买瓜子。蒙老太见我们仨顿时笑开了。一个八公分高宽口透明玻璃杯，任由我们装满，一杯五分钱。一年后，一杯涨到一毛。再一年，一杯涨到了两毛。之后我们再也没有和蒙老太买过瓜子，因为她不仅在不停涨价，还在杯里悄悄加上了高高的夹层。从外看是满满一杯，倒出来却半杯的量都不到。

现在想来，蒙老太的瓜子不停涨价、杯中的夹层不断垫高竟大有文章，释放的显然是社会飞速发展的强烈信号，只是生活在湾子头的我们浑然不知罢了。

我和两位姐姐小时候常常一起上学一起放牛打猪菜，到干旱断流的河道里抓鱼虾，趁着汛期涨水时下河洗澡、爬上十几米高树上摘拐枣掏鸟窝、偷吃鸡窝里母鸡正孵化的鸡蛋……爹妈的小鞭子因此也从未闲着，常常打得我们跪地求饶。

我们仨虽然体弱，却并不多病，几乎未进过医院。偶遇感冒发烧肚子疼之类，父亲的法子是生姜刮痧木姜子内服，而母亲则认为是死去的亡魂在作怪。于是，她上门找上隔壁的班家老太帮忙。她们将三尺长的竹竿穿进一个竹篮，再将竹篮倒扣，上盖一块黑布，然后两人各执竹篮一侧，一起操控竹竿在铺满白米的簸箕上随机画出各种图案。三声空碗响，班家老太开始念念有词，无非是和死者对话，一一询问是谁在作孽、谁在使坏。一番神乎其神的操作过后，母亲便能得到"答案"。回家后便在门口烧鸡蛋倒稀饭施食，口中也念念有词，或好言祈求或"挨刀砍脑壳"的言语威胁，希望亡魂不再侵扰。

事后我们都能康复无恙，父亲说他的方法科学可靠，母亲则迷信她的方法灵验奏效。

二姐大概六岁时曾遭遇一劫，这是母亲的方法无法预判和事先化解的。有一天傍晚，二姐在攀爬蒙老太家的门口栏杆时，不慎掉落六米多高的石坎，头破血流不止。我和母亲惊恐地看见，父亲用衣服包住二姐的头，抱起她就往两公里外的镇上跑。我至今仍不知道，二姐当时在镇上住院还是到县城。三天后她回来，额头缠着纱布，全家人都围着她转。父亲从兜里掏一把糖果，每人分了三颗。糖果晶莹透亮，剥开透明的塑料纸，香味扑鼻。我先将包糖塑料纸放到嘴边来回舔舐，直到上面的甜味被舔舐干净才肯作罢，然后再将一整颗水果糖含到嘴里，一刹那，从未有过的香甜像闪电传遍全身。我当时内心竟然感激二姐，要不是她受伤住院，我不可能吃到这么美味的水果糖。

如今生活好了，糖果自然没有了儿时的味道。直到现在，我常常不由自主地想起那时水果糖的香甜美味。但每想一次对二姐的愧疚便增加一分，每想一次便觉得自身罪孽更深一重。

村里的沫阳小学是承载我们童年快乐最多的地方。我还没有到入学年龄，但却出于两位姐姐的缘故，常常有机会跟随她们蹭课，坐在她们身边成了人人羡慕的伴读书童。

学校两排教室清一色一层砖混瓦房，南北走向，分列在尘土飞扬的操场东西两侧，北面空旷面向田野，南面则是一栋苏联建筑风格的两层教师办公楼，二楼教师办公室朝向操场的窗户上，长年挂着一个脸盆口稍大的钢环，铁锤敲打叮当作响。我们和田间劳作的村民都能分辨出不同节奏的铃声所代表的含义。沉闷低缓的是上课铃、轻快悦耳的是下课铃、欢快响亮的是放学铃。那时的我们总觉得课堂往往太过乏味，上课内容总是被忘得一干二净。每当下课和放学铃声响起，紧跟着的便是排山倒海的欢呼声，校园沸腾起来，天空飞着数不清的纸飞机、地上滚着闪亮的铁环和晶莹的玻璃弹珠……

当我读一年级时，成绩优异的大姐和二姐的学历停在了四年级和二年级。我想，应该是学费的原因，家里把读书的名额让给了成绩最差的我。

待到我读到二年级的时候，不知道是不是为了给我创造更好的学习环境，父亲拿出了全部积蓄共1200元，两位姐姐投工投劳，在八百米外一个叫博奴乃（布依语，意为毛毛虫坡）的小土坡上修建了三间平房。这里人家户较少，切断了和湾子头的联系，让我开始有大把的时间独处和思考，有机会在房顶上仰望满天的星辰。但我终究没能想明白，新家建在毛毛虫坡会不会和父亲望子成龙的愿望相矛盾呢？父亲常说，成龙上天，成蛇钻草。直到现在我才知道自己折中地活着，既没有升天为龙，也没有入地为虫，活得平平淡淡。

在我大学毕业后，沫阳村变得越来越漂亮，但我回老家的次数却越来越少，往往只有过年才能在村里住上几天。所有的来去总是匆匆，我像极了沫阳村暂时借宿的过客。但无论身在何处，我常常梦见沫阳村，梦见湾子头，梦见自己回到毛毛虫坡上，还有毛毛虫坡夜空中的星辰。

饯 别

吴之虞

　　我腿脚不太方便，已经很老了。匆忙坐定后，透过车窗，月台上老农蹲在箩筐前贩卖什么。许多年前我也见过这样瘦削的后背，压弯的脊梁骨，汗津津的脖子。他的身影突然晃了一下，许是车发动了，一时间我又急切地回望箩筐里贩的什么，搜罗着脑海里的什么，车水马龙的集市，街角的绿荫下，菱角白嫩，莲蓬仙绿，辣椒干烈，乌心菜水灵……我确然没有食不知味的痛楚，开往家乡的火车载着我，赴最后一次告别故土的绵远饯别。

　　过道还有人在安置行李，有一位妇人带了大包小包一些东西，乘客有的让路帮忙，她一声一声地道谢，小心翼翼护着油桶大的一瓶鸡蛋。她梳着干练的头发，鬓角处生了几根白发，衣服洗得泛白但干净。我忽地想起了我的母亲。发大水的那年家里的光景很糟糕，什么都湿漉漉的。母亲打算跟村里的带路人一起，去城市里当保姆、保洁。我甚至不大清楚，这份名叫工作的事是要做些什么，但知道要去很远很远的大城市，很久都不能见到母亲。那天西红柿结青了，父亲早早地去做活了，我和哥哥在割牛草，回家看了一眼直觉不好，大米饭旁还蒸了些白茄子，涩涩的蒸汽翻腾着。我们急忙偷偷鼓舞家里独苗大母鸡生蛋，它不理睬我们，我们急得汗水泪水一并出，最后悄悄地将攒了好久的小糖和一个鸡蛋，塞到母亲包裹里。晌午吃饭，几碟翠绿小菜，母亲蒸了两个鸡蛋，碗很深，是嫩黄的小半碗，母亲分给我们兄弟姐妹每人一勺，低着头，我的那勺入喉泛着苦。母亲坐上了三轮车，我们在门口站了一排望着她。目光越来越长，我们越来越远。忍不住追上去狂奔，我脚下的路和车轮印重合，是这故乡的土。母亲还是留下了那个鸡蛋。

少时离别总是忍不住流泪，丢人是不管的，会拼命地挥手，拼命抹眼泪，为了再看得清楚一点。不知是什么时候，离别屏住了泪水，仗着不管不顾，剩下怅然若失。等到手脚都不利索，克制不住含泪，擦干也无济于事，回头时已模糊一片。雨悄悄刮花车窗，一垄垄土坡和水田交错，土房几个挨在一起。远远的有山丘静默，树木苍绿是肤，细雨青葱是帘。我们村子在一处小高地上，阿栋哥说，日子想要细水长流，就要往下走，下坡也不容易。

肩膀被扁担磨得火辣辣的，看冬不是冬，是雪藏后大葱多卖的几分钱。阿栋哥是村子里的领头羊，他引进芹菜种子种好去镇子卖，会修理许多家用水管和电器，还买了电视机放《地道战》《西游记》。有年夏天日头很烈，消暑时习来的微风，让人神清气爽。菱秧丛丛，我拉着菱桶下沟塘采菱角，菱角淡红的，一个个呈小小的"人"字。藕塘里阿栋哥戴着斗笠在挖藕，看见了我便挥手，推着载满新鲜的藕蹚水走来，到塘边还扔给我一小节藕，我们俩各自洗清了藕上的泥，也不知道该怎么开口——阿栋要去城里了。我分了他一些菱角，白生生的仁儿甘甜脆嫩。"我会回来的。"他说。落日熔金，风中还有水流淌的声音。"腊月挖藕的时候回来。"

"一路顺风。"我祝福道。他没有背弃自己的话，阿栋哥后来成了阿栋书记。依旧每天起早贪黑，他的手里头总是有东西，是一把锄头，一个螺丝刀，或是一本书。还是在那个沟塘前坐着，我们碰了碰酒杯，就着毛豆、花生米。腊月挖藕身上都泛热气，手指冻得像红萝卜。我们都笑着，阿栋望着藕塘对我说："一路顺风。"

在火车上，我模模糊糊听到后面两兄弟的对话。"咱们回老家一趟看看吧，收拾一下，不住人了，但过年没打扫……"另一个人打断了他："之前怎么没打算好？中途在小站口下车了，就不好买票了，老家又没有人。"空气随之沉默了良久。车窗外画景一转再转，车上速食的味道蒸腾起断断续续的挣扎，挣扎着停留或是离开。我早些年时看不懂这样的挣扎，当时村子里的年轻人纷纷挤进城市，村子里空空的，木杆上绑着绳子挂了几条风干的腊肉腊肠。几个老人坐在椅子上晒太阳，看一看远处。大年初一，厨房里存下冬末的一点温暖烟火，映得添柴火的人脸庞泛火光，干柴热锅，砂锅炖着汩汩老鸡汤，可以下米面。筷子撞碗是打鸡蛋的声音，蛋白打散，猪肉馅葱姜提鲜，炕好火，蛋液在铁勺中刺啦一转，均匀摊好薄薄的蛋皮，一个个摆好花盘，上锅蒸黄喷喷的蛋饺，年味也跟着飘来。生活困难常有，独独过年要有些仪式感。一些是团聚，一些何尝不是饯别。

桌案上早早备好一盘红椒双鲤鱼，葱花点缀，应喜气，年年有余。也会有两三户人家开车回村给家里的老屋换上一副新春联，便赶忙回城拜年，风有时匆匆呼啸，贴好的春联会被卷落在地上，红红的像串没点着的鞭炮，我起身捡起来，手里摩挲着春联，是新式绸绒的，总的是和隔壁的老旧木板门不大搭的，很难用胶布贴在木门上。老大爷端着面糊来，意思用这个粘得牢固，我用了些时间简单地刨了木门不平整的地方，小刷子蘸好大颗粒状的面糊，刷在对联后面，抚在门上，我抬个长板凳翘在台阶上，给横批又敷了一层，贴合了不少，老大爷眯了眯眼叹道："至少能让它熬过初一。"有人家的地方升起了炊烟，我知道冲喜的红椒双鲤是生的，要从初一摆到初七。或许有人等了一天又一天，有人在列车上过了一站又一站，从不在意有失远迎，只是想回家。后座的人窸窸窣窣间有了动作，他们在一个只停留两分钟的站台下了车。有多久没见过炊烟袅袅的人间了？一个远游者，活在梅雨季里。

明明看不懂这样的挣扎，后来我也关上了老家的门。木板门推不出分量的，开合间会搓着地面发出很闷很闷的声响，鸡鸣时像梵音中漏的一拍。

我会葬在故土里，守着天明。

十字路口和臭豆腐

黄素雲

　　隆林和贵州兴义隔着南盘江，来往只需跨过南盘江大桥。隆林有很多兴义人，他们来卖饵块粑、凉拌粉、炸洋芋和臭豆腐。

　　卖臭豆腐的老板是个四五十的男人，他固定在县城老街的十字路口卖。摊上的东西不多，有火盆、塑料桶、烤架、折叠椅、小碗、青冈炭。老板晚上七点多开摊，那时天色暗下来，路灯刚点亮。他把青冈炭平铺在火盆里点燃，用小扇子不停地扇，火炭从火星子一点点蔓延开来，变成小小的火苗。老板等火苗熄灭，把烤架架在盆上，慢悠悠地刷上一层油，再把长着白绒毛的四方臭豆腐，依次排开摆在架子上。老板烤干臭豆腐的水分后，轻轻地刷上一层油，再用筷子一个个翻面烤。臭豆腐烤一会儿，会慢慢地胀气，鼓得圆圆的，像小孩子鼓鼓的肚皮。他用筷子轻轻敲一敲，戳一戳，像敲打调皮的孩子。臭豆腐被敲打以后，像漏气的皮球，慢慢地瘪了下来。老板的动作慢慢地，即便摊前已经排起了长队。他似乎不着急卖出臭豆腐。

　　可是，我着急买到臭豆腐。

　　那时，我十岁，读小学四年级。我小小的个子，排在长长的队伍中间，像在两座山之间的凹处，踮起脚看不到前边和后边。不过，我能闻到臭豆腐的味道。烤过的臭豆腐是焦香的，还有股黄豆的味道。加上辣子面的香味，就更让我受不了了。我咽着口水，踮脚侧着身子朝前张望，但只看到老板的脚，看不到铁架上的臭豆腐。我想冲上去看臭豆腐还有多少，又不敢离开队伍。离开了，只能从尾巴处再排队。我数着前边的人，期待他们一个个慢慢减少，心里默念着什么时候才到自己。

我羡慕排在前边的人，恨自己来得太晚，那道该死的数学题太难了。我想着下次一定要来早点。

那些买到一小袋臭豆腐的人，直接用细竹签，当着大家的面，挑起一块就往嘴里塞，下巴骨上下嚼动，把臭豆腐吞进肚子。我看他们嘴角带着辣子面，继续吃第二块、第三块。他们的表情是迷离享受的，我最看不得这种表情了，恨不得上前抢臭豆腐。

等了快一个小时，终于轮到我了，但铁架上已经没有了臭豆腐。我看着沾满豆腐屑的铁架，快要哭出来了。我答应过大姐的，晚上她从学校回到家，请她吃臭豆腐的。

我身后的一些人，看到烤架上没了臭豆腐，没问老板一声就叹气走了。

还有不？我怯怯地问。

等一下。老板说着，把烤架取下来放在地上，用刷子刷掉上面的豆腐屑，抖一抖再放在火盆上。他转身打开后面的塑料红桶，里边还有十来块臭豆腐。

臭豆腐毛茸茸的，像白色的小绒球，散发着发酵后特有的味道。老板不紧不慢，戳一戳炭火，再把臭豆腐排在烤架上。

你要多少？老板问。

我要五毛钱的。我小声回答。

老板抬起头来看我。我不好意思和他对视。五毛钱只有三块臭豆腐。和其他人一买就买一小袋相比，我买得确实少了点。我手里的五毛钱，已经被汗水浸软了。我有点后悔了，这个星期不该在学校买辣条吃的。我每天的零花钱是一毛钱，妈记得就有，记不得就没有。我以前问妈要过一次，也被妈揍过一次，往后再不敢问了。

得知大姐要放假了，我就开始攒钱，一毛一毛地攒，攒来买兴义臭豆腐，那是大姐最爱吃的。可就在前一天，同桌吃辣条时，发出"呲哈——呲哈——"的声音，还故意对着人喷气。上完体育课，我路过食堂小卖部时，当着同桌的面，花五毛钱买了两包辣条。我也学着同桌的样子，发出"呲哈——呲哈——"的声音，并越过"三八"线，故意把嘴里的气喷到人家脸上。

我不该和同学斗气的，不然就有一块钱，可以买六块臭豆腐，大姐三块，我三块。

今天的，她买完咯，你们明天再来。老板朝我身后的人说。

我惊愕地看着老板，烤架上的臭豆腐要差不多四元钱的。我没有那么多钱啊。我赶紧说，老板，我不要那么多，只要五毛钱的。

老板没有接话，他继续翻烤、刷油，油掉进炭火里，发出呲呲的声音，腾起的烟雾香死人了。闻着迷人的香气，我竟觉得老板年轻了，他脸上的皱纹浅了，手指关节小了，白头发少了许多，说话的声音也好听了。

约莫等了二十分钟，臭豆腐烤好了。老板真的把十多块臭豆腐装成一袋，然后拿着小铁锯子，一个个切开，塞进一勺勺辣子面。这个辣子面里有花椒，吃起来又辣又麻。大姐每次吃都会流一把鼻涕和眼泪，我喜欢看她这个样子，当然，她也喜欢看我流鼻涕眼泪的样子。然后两个人就躲在阳台上，嘴里咝哈着吐气，看着彼此的熊样放声大笑。多年以后，年近四十岁的大姐和我聊天时，总会提起一起吃臭豆腐的事。

喏，小妹，拿回去吧。老板递过来说。

我有点不好意思地递过那张湿软的五毛钱，接过老板手里的臭豆腐，说了声谢谢，就摇摆双手蹦跳着往家走。但我走了几步又折回去，红着脸问老板要了几勺辣子面，撒在臭豆腐上面。

我姐回来了，她爱吃。我调皮地笑起来。

你也爱吃。老板也笑起来。

我和大姐几乎是同时进到家的。我们俩看对方一眼，抿嘴笑着，就一前一后往阳台走。我从口袋里掏出还烫手的臭豆腐，摊在阳台窗台上，抓一块塞进大姐嘴里。大姐也抓一块，往我嘴里塞。

我们翻嚼着烫嘴的臭豆腐，双手像扇子一样，在嘴边不停地扇风。嘴里又烫又麻又辣，我们又笑又哭。

接连吃了几块，大姐才咝哈着嘴疑惑，以前才有三块的，今天啷个多？你发财了？

你猜猜？我仰着流鼻涕的脸说。

直到现在，大姐都没猜到原因。后来，她每次从中专放假回家，吃的都是三块臭豆腐，没有多一块的，多的是盖在上面的辣子面。我每次都要让老板多加点辣子面。只有三块时，我都给大姐吃。我在一边咽着口水看她吃。大姐也不推让，吃完臭豆腐，留点辣子面给我。辣子面香得很，用来蘸洋芋最好吃，或者空口干吃也是可以的，就是有点辣。

大姐中专毕业工作，接过妈递过来的接力棒，送我读初中、高中、大学。她忙着工作赚钱，我忙着读书升学。我很长时间，都没有去老街的十字路口了。后来，老街十字路口扩建，那个卖臭豆腐的老板换了个地方卖。当我想起时，找遍了整个县城，都没有找到老板的臭豆腐摊。

多年过去了，在街上再也见不到这样的臭豆腐摊，不过，有好多兴义人来隆林开烧烤店。我们可以围着一张带烤炉的桌子，一边烤臭豆腐、南瓜、洋芋，一边喝酒聊天。臭豆腐和以前不太一样，没有白白的绒毛，那股子臭味不浓了，吃起来不够香。但辣子面还是当年的味道，又辣又麻嘴。吃完以后，总忍不住发出咝哈——咝哈——的声音。

大姐很忙，工作日得晚上加班，周末还要加班。我家和她家很近，骑电瓶车只需要五分钟就能到。不过，我们往往半个月才见一次，甚至一次都见不到。她在电话里的声音总是疲惫的。我想和她约一次兴义烤臭豆腐，但总是没有合适的时间。

那天，我想大姐了，跑到兴义烧烤店，让老板烤了几十块臭豆腐，加了很多辣子面，直接送到了她的单位门口。

大姐很久才回我电话。电话里，她没说话，但我听到了嘴里发出的呲哈声。

不见燕归来

刘诚龙

城里只有灯火，没有暮色；若见正宗暮色，须来乡下，眼珠子看天地间，昼夜交替的现场直播，但见大白天消弭于无形，只是一晌工夫，不是一日三秋，竟是三秋一日，何短哉。先是太阳落山，苍苍翠翠的山头，树尖尖上涂着一层薄薄余晖，蔚蓝天空上，白云刹那间成了老奶奶的青灰斜襟衫，衫之边缘，镶了一道金边；树间余晖渐成黑青色，蓝天金边亦已消失，突然感觉，暮色向白昼发起了总攻，听到鸟噪蛙鸣，那是暮色冲锋号，暮色摧枯拉朽，倒山埋海，飞天而至。远处的龙山覆灭了，起眼可望的金竹山与朗概山，千峰千万树，全给包了饺子，对面的，一个瓦砾可以射到山边的懒蛇山，由青变翠，由翠变黑，山都成了小块墨团。看暮色四合，看得触目惊心。

当然也可以看作大自然的一次壮丽落幕，我如一个入迷观众，坐着一把竹椅，在阳台上，看一场日落。看得发呆，眯着眼睛冥想，去年患上新冠，兼有他病，住院两个多月，从此草木皆兵，成惊弓之鸟，听说二阳来了，连堂客都不要了，一个人跑回铁炉冲。医生说我，元神有些涣散，须时不时发些呆，这般雄美暮色里，姑且闭目，单是冥听鸟鸣。刚开眼，见一只鸟，扑扑飞来，大概想来我家栏杆上，站一站，拍一拍，歇一歇，猛然见我在，一只脚刚贴栏杆，噗噗噗，惊恐如鼠，翅加风速，飞对面山去了。不知是何鸟，但见麻灰色，头部如猫，是猫头鹰不？

顿生惭愧，天可怜见，我无任何抓捕动作，身子陷落竹椅里，好像一堆旧衣服，唯一动了一下的，是我眼睛，也是无意睁开，不含佛性，想来也不含恶意，你这只啥鸟，见人用不着那么惊惶。我到恩高冲散步，主人放野牛，原来稻田尽是青青草，一条垄叠叠田，不是人之粮仓，倒是牛的食堂。常常见，一只鸟几只鸟，飞到牛背上，悠悠然鸣唱，施施然行走，牛尾巴甩过来，也是处变不惊，怡然自若，牛跟人一样，是动物哪，何以朋牛而不友人？我自惊心，牛高马大，水牛比人大多了，力气也大很多，鸟却不怕他，只怕我。人对鸟，曾经做了什么事呢？

这只鸟飞过，我在那儿愣愣发怔，一只只黑色小鸟，低空薄暮，打我眼前飞过。燕子燕子，是燕子飞吧，我都有些小吃惊。再待后面小鸟队飞过，鸟过也，正伤心，不是旧时相识，眼前翩然而过的，非燕子剪刀式的流畅与潇洒，而是如鸭带蹼的翻飞与滞重，当是蝙蝠吧，蝙蝠才是昼伏夜出，翩然快意花哨，翠尾分开红影，这才是燕子。那燕子呢，来老家十有余天，没看到过她的翩鸿照影，记忆前溯，我春上回家，我夏日回家，我秋日回家，冬日不说，多半回家过年，常常见落花人独立，好像一次也没有看到过，微雨燕双飞。去年，前年，或者更早些年，也是站在这阳台上，朝霞与百鸟齐飞，过尽千鸟皆不是。叹生旧阳台，无可奈何花落去，不见相识燕归来。

燕归来时，蛮壮气的，仪式感强，整整齐齐站在电线上，排成千米长队伍，叽叽喳喳，咿咿呀呀，也是半年未见老家了吧，挈妇将雏，拖儿带女，重归旧巢，看燕兴奋的。一连数天，都可见燕子电线排成排，留在铁炉冲的，没那么多，想来我这里是一条燕道，山一程水一程，电线是她凉亭。有些燕子留下来，前年老燕，去年新燕，直入我家，堂屋前数，第二杆房梁上，是她老家，燕子衔泥，把老屋修饰修饰，便在这里安居乐业，娶燕生燕。念此，抬头望，我家楼台上，正好筑巢，却是一片腻子白。莫非燕子好意，不来污我新檐乎？

次日天明，我借散步，去老屋瞧，里头堆满了旧物，乱七八糟的，抬头望顶，在第二杆梁上，隐隐约约有一圈U痕，布满蜘蛛丝。燕子怕有许多年不曾来了，嫌我老屋太老旧吧。对面懒蛇山，有三两栋红砖房，久无人住，椽皮都掉了好几块，人难再住，燕子可以独建家。露水溜草蔓，草蔓满田埂，且往看燕子。山不高，站在山脚，挂根竹竿，可齐山顶，当年小路，茅草过头，金樱子偶生路边，拇指大的细竹，直生路上，三五十米，走了一时三刻，上也看过，下也看过，上寻楼瓦下眯梁，四处茫茫皆不见。

杜甫有诗，湖南为客动经春，燕子衔泥两度新，旧入故园尝识主，如今社日远看人。社日看人是远还是近，不说，燕子是旧入故园，讲老感情的。故园者，老屋也，有人住的屋也，所谓，旧时王谢堂前燕，飞入寻常百姓家，燕子是要住在有人之家的。我归家如入闺房，不出门，这回不出门来又数旬。而燕子之归否，牵缠我心，去吧，除非是多开几次口，问莲婶吃饭了不，问泽公身体还好吧。往老院子走，过一户，闲扯一户，边与咸咸淡淡，边自瞭望屋梁，连走四五家，都不见燕子筑巢。

记起来了，我去对面山看燕子，路经一块苞谷地，这块地，原来是种禾的。院子中有水井，井水喝不完，井水潺潺下流，流入秧田垅里，顺埂而下，一丘丘水田，梯次低阶，因此稻香谷壮，旱涝保收，秧田垅里，曾是乡亲命之所载，也是懒鬼如我愁之所在，想不在秧田垅里种田，曾是我最高理想。现在不种禾了，种苞谷，种蔬菜了，傍晚看暮色四合，目光朝这里，也是青青绿绿，苍苍翠翠。田不是田，田已是土，老爹在，常骂我田当土做，意思是貂蝉当了猪婆。走在苞谷地，苞谷叶如青条布，上面珠珠点点，白中含红，红中白底，露水也。居铁炉冲，百事无聊，偶作歪诗，也曾写，晨曦散步到竹林，盛放金银带露闻，等等歪句。带露闻，是我的方剂，我肺有些问题了，呼吸新鲜空气，如喝中药，甜的，良药甜口也利病。

苞谷地悠悠行，噗噗噗，一鸟飞起，这个确是旧相识，是我昨夜阳台所见的，麻色如大麻雀，头脸似猫头鹰，却是什么都不是，就是他。这是什么鸟呢？十余年童子生涯中，下田如下饺子，上山如上楼梯，不曾见过他。很多不曾见过的鸟，多呢，往铁道冲傍晚散步，常见长尾巴鸟，尾巴长如飘带，艳若彩旗，从这山飞到那山。还有一只鸟，在我吓跑如麻似鹰的鸟之时，她在我家楼顶，俯视此情此景，鸟小，可爱，肚白，背青，身细，喙长，歌声嘹亮，甩下一串高音，三四分钟不换气。她见我，我转头看她，她倒不飞，脚往后移，躲猫猫后，又出来看我，神形传话，我不是这村里的，她才是。我疑心她在我家楼顶安家了。没去验证，怕打扰她。

山青了，水绿了，很多鸟都来铁炉冲住家，生活，劳动，捞食，燕子呢？我当农民子弟那时，燕子在；上溯老爹在铁炉冲一生，未必见了彩云归，指定年年都见燕归来；再上溯，太祖太公迁居此地，五百年了，年年是，燕子与先人共过日子，巢成雏长大，相伴过年华。来鸿对去燕，燕子回去，还会回来，她把铁炉冲当她婆家，"燕来巢我檐，我屋非高大，所贵儿童善，保尔无灾难"。我等儿童有些不善，弹麻雀做菜，如今儿童纵大鸟飞来，都不瞄一眼，各活各的。燕子，何以不来了？乡下小芳跑城里去了，燕子亦如是？不向君王掌心舞，偏从百姓院中飞，燕子早下了王谢堂，追小芳去城，非燕子心性，燕子心性是：无心与物竞，鹰隼莫相猜。

又是薄暮，微风细雨，站阳台上，轻拍栏杆，但见四面青山，献绿供翠，俯瞰天地，猛然发现，千亩水田，无一种禾，苞谷一田，包菜一田，辣椒一田，红薯一田；前面有块地，美人蕉一田，听发小说，那是院子里的遗矢发酵地；我屋前我屋后，有两块大田，种了风景树，要卖街上去的。这些菜啊草啊，花啊树啊，都按自个脾气茁壮生长，一色青青，一色绿绿，养眼悦目，养生怡心。乡村万事万物都在，稻不在了。稻若在，五六月间，正抽穗飘香。

燕子不来，盖因此不？燕子飞来飞去，稻田捉虫子吃的，稻田不在，她不能在。稻田失燕子失，是我臆想，并无考据。稻田少了，青蛙少很多了，确是真的，百绿丛中说丰年的，有老头，难以听取蛙声一片了，屋后小溪，尚是溪声似旧时，稻花香没了。念花花草草都在，念树树鸟鸟在，燕子春不在夏不在，独立暮色阳台，兀自生了些许感慨。

湖边的硬菜

韦有凯

学校放了麦假，我们恢复了自由身。于是人手一只大号的蛇皮袋，三五结伴直奔村后的月牙湖。

月牙湖有两三个村庄那么大。每年的收麦时节，大量的湖蚌都会爬到岸边的浅水区和沙滩上。我们都是第一次拾湖蚌，沙滩上的湖蚌只有碗口大小，我们当然看不上。

脱下鞋子，把裤脚挽到膝盖，下到水里踩。脚触碰到硬邦邦像石头一样的硬物，便弯下腰用力从泥里拽出来。大的湖蚌有二三十斤重，跟脸盆差不多大。

一位老人推着一辆独轮车也来到湖边。他跟我们的父母一个辈分，年龄却跟我们的祖父母差不多。他一个人住在离湖边不到半里路的林场里，只有村里有白事的时候才会出现。给主家记记账，有时也帮厨，颠颠大勺。还经常跟主家请来的鼓乐队混在一起，拉拉二胡、敲敲竹板。吃饭的时候便跟鼓乐手们坐一桌，吃最好的菜。喝到脸红脖子粗，看到有小孩子从旁边经过，便夹一筷子肉递过去。

老人年轻的时候是飞行员，还当过机长，曾经是村里混得最好的人物。可惜后来犯了错误，被部队开除了。村里人私下提到他，都叫他"陈世美"，还有人说他"是从飞机上掉下来的人"。他跟村里的老人不太一样，不留胡子，衣服也穿得有板有眼。虽然岁数大了，依然称得上是个英俊的老头。

老人走到湖边，手搭凉棚，眯缝着眼看我们在水里摸湖蚌。然后，弯下腰捡拾沙滩上的小蚌。我们抱着湖蚌上岸后，老人直起身子问我们："娃娃们，拾臊歪是自己吃还是喂鸭子呀？"

湖蚌不易保存，死掉的湖蚌腥臊无比，所以大人们管湖蚌不叫湖蚌，叫"臊歪蛤蜊"，或者"臊歪"。

"当然是自己吃。"我们几乎异口同声地回应道。

"自己吃要捡小的，像这种碗口大小的，又鲜又嫩。臊歪越大，里面的肉皮越拗火，像牛皮一样不容易煮烂，也不好吃。"

我们半信半疑，但还是捡了许多小湖蚌，连同大湖蚌把蛇皮袋塞得满满的。袋口扎好后，抱起来有六七十斤重。我们这才发现根本没办法拖回家，湖边离村里差不多一公里呢。我们望向老人的独轮车，他的车上绑着两个长条筐子。

老人没等我们开口，就把车借给了我们，还帮我们把蛇皮袋搬到了车上。我们通力合作，一个推车一个拉车，车两边还跟着两个扶筐子的。

几个人换着班，终于把独轮车推回了村。进门之后，把母亲洗衣服的大铁盆搬出来，把大小湖蚌都放进去，倒上清水。鸭舍里的鸭子闻鲜识美味，急得"嘎嘎"跳脚。母亲把最大的那只湖蚌连壳敲碎，肉斩成块状，扔进了鸭舍。我这才晓得老人说话不虚，湖蚌要吃小。

吃了蚌肉的鸭子，肚腹撑得溜圆，挪不动步。大铁盆里的清水慢慢浑浊，再换上一盆水，倒上腌菜的盐。如此三番，最后取出蚌肉。处理干净后上锅，焯一下水，然后切成小块，再下锅爆炒。满满的一锅蚌肉，出锅就是两大盘。

那个时候的农家生活是清淡的。大人们即使在地里劳累一天，也不过顺路在村里的凉菜店买一份猪头肉，或者炒一盘猪肝、蒸一点咸鱼，或者几个咸鸭蛋劈成瓣状，摆在盘子里当下饭菜。素菜往往是凉粉、豆腐，或者自己动手用蒜泥腌一盘黄瓜。饭桌上突然添了一份免费的硬菜，一家人好像一下子就找到了过节的感觉。

蚌黄就像鲜嫩的鸡蛋黄，入口舌头轻碾就化进了肚子。蚌肉跟猪肉、鱼肉的味道大不相同，至今也没找到可以类比的食物。父亲递过来一杯啤酒，喝一口酒吃一块肉，小肚很快撑得像鸭舍里的主人一样溜圆。

蚌肉虽好，可父母并不准我们多吃，怕这生猛湖鲜吃得太多闹肚子。家里没有冰箱，炒熟的蚌肉不等过夜就会变质。临睡前，不得不忍痛把剩下的一盘倒掉，白白便宜了鸭子们……于是，第二天我们又早早起床，再次奔向湖边。麦假很快结束，在校园里没待多久，暑假就开始了。

这个时候，大人们闲下来，开始严令禁止我们去湖边。趁着中午大人眯眯眼的工夫，我们就逃出家门，窜到了湖边。暑期生活就在这种"潜逃"与"反潜逃"的斗争中开始了。

漫长的暑期，没有湖蚌可寻，却有蜗螺可摸。湖边那些只露出上半身的石头缝隙间，栖息着许多蜗螺。随手一抹，便能扒拉下来一把。过几天，又会有蜗螺附上去。

把蜗螺倒在盐水里浸泡，小巧的肉团便自己从壳里探出了身子。洗净泥沙污垢，依然是辣椒爆炒。蜗螺肉质紧实，比起湖蚌又是另一番风味，拾起筷子就很难放得下来了。

在水里待久了口渴，我们常去林场里找老人要水喝。每次喝了他的水，也顺便送他一份蜗螺。老人很高兴，有一次喊住我们，说要请我们"哈一气"。哈一气就哈一气，我们安静地坐在门前看他处理蜗螺。老头子确实有好菜，除了蜗螺，门前的长条桌上还有一大盆知了猴和剥好的青黄豆。

老人处理好蜗螺后，开始上锅炒青豆和知了猴。一边炒菜还一边自问自答：为什么要把蜗螺放在后面炒？因为它有腥味，放在前面会串味……这个季节的青黄豆比蟹子还鲜，放在旧社会有钱人家才吃得起……这知了猴是我昨晚在小树林里拿手电照的……

老人做蜗螺的方式跟我们父母截然不同。他把冲洗干净的蜗螺，放上各种葱姜盐和料酒，直接连壳上锅炒。蜗螺熟了，他盛在一个盆子里，端上桌。一盆蜗螺，一盆知了猴，一盆炒青豆。

老人招呼我们在桌边坐下，给我们每人发了一根牙签，用来挑蜗螺肉。老人拿出一瓶烧酒，我们连连摇头。他便给我们每人倒了一杯白水。

我们吃得挺高兴，老人两杯酒下肚，话也多了起来："哈哈，今天三个菜，还都是硬菜，这是提前过年了呀！"

有人问老人："听说你以前在部队是挺大的干部，为啥后来不干了？"这伙计的问题有点缺心眼，这不是揭人伤疤吗？

老人却并不介意。他放下手里的筷子，脸色微微泛红，开始回忆起往事："我三十岁不到就干到了机长，前途可以说一片光明。偏偏那个时候遇到了首长的女儿，我一下子就喜欢上了她。她也喜欢我，我们两个很快就走到了一起。准备结婚的时候，首长派人到地方来了解我的情况。这才发现我当兵不久，回家探亲的时候就已经结了婚，孩子都生出来了。"

我们都默不作声，老人继续说道："那个时候我太不懂事了。一心就想着攀高枝，把个人的这些情况都跟部队隐瞒了。因为玩弄感情，我不但被部队开除，还坐了牢。老婆孩子也跟我脱离了关系……我这一辈子呀，用一句话概括就是：一失足成千古恨，再回首已百年身……"

老人叹了口气，望着远处的天空说："你们都还小，记着以后若是走出这个村子，千万别在男女关系上犯错误。"

老人说完，起身走回屋里，我们以为触及他的伤心处，他去屋里流眼泪了，便纷纷埋怨那个"哪壶不开提哪壶"的同伴。但老人很快从屋里出来，拿出一把二胡，坐在椅子上拉了起来。

那是《梁祝》，我们从小到大听过千百遍的《梁祝》。只要村子里有人过世，就会有人拉这首曲子。

二胡声伴着菜香味穿出林场，又随着我们走回村子，走出村子，进了城，至今依然萦绕在耳。多年之后，我终于明白：美味不仅是食物本身美好，更是曾经的时光一去不复返了……

诗歌

糖果里也有甜蜜的酒香

昨夜枫雨

糖果里也有甜蜜的酒香

糖果里也有甜蜜的酒香

长大后才知道幸福的味道

包裹着一张彩色的锡纸

我们总是迫不及待地撕开

第一次，品尝到甘洌醇香之美

第一次，懵懂少年的眼神带着醉意

那是梦里才会出现的情景

那是抑制不住的心跳

糖果里也有甜蜜的酒香

长大后才知道幸福的味道

——就像你想吐出来
却又舍不得包装精美的糖果

——就像你圆圆的小脸上
终于开出桃花一朵

——就像我们有了烦恼之后
你不再把你的糖果，一颗一颗数给我

乡　愁

雨　林

还有一些叶，不肯落下
留在枝头，替故乡守望
女贞、冬青、香樟
大雪将它们压弯、压低、压断
也不改色，甚至更绿

还有一些鸟，不肯飞走
在村头的输电线上，站成一排
麻雀、喜鹊、乌鸦
寒风将它们吹冷、吹歪、吹落
叫声不绝，风中更响

还有一轮月，不肯残缺
挂在故乡的庭院，夜夜最满
父母、土屋、炊烟
岁月将他们变老、坍塌、飘散
离家最远，梦里最近

发光的水

万世长

那时，很少有糖吃

除了春节，让我紧张

好像失手就碎了。像独自生长

从来不陪父母守夜，也不和他们说话

那时的火车票，就是我的翅膀

无论父母织多大一张网

刚开始，我飞跃过很多山脉，后来习惯了

天空也越来越朴素了

自从父母走后

小小的乡村，突然就解冻了

尤其是在晚上，风一吹

我这四十多年的时光，就成了发光的水

驱散这种麻木的感觉

张瀚卓

驱散这种麻木的感觉，我在广袤的土地上穿行

电线在列车头顶跳跃

驱散这种麻木的感觉，我在陌生的城市里梦游

听雨声屋檐上奏乐

我的心惴惴不安，梦里

妈妈在旁边的座位上安睡

她的气息平稳，让我想到秋风中的麦田

车厢另一头沉睡的老汉，结实、黝黑的手指紧扣包裹

宛若一具粗糙且单薄的草人

他把自己扔在他购买的座位上，干枯的草尖

在列车的摇动中战栗着

窗外荒凉的旷野上，一个脆弱、惊惶的倒影

选择不去疑惑黑夜，将习惯孤独

视为勇敢，不疑惑梦境之外的任何

用麻木，假装坚强

为母亲，我要抓紧回到梦乡

故土在长夜尽头，有人安睡，有人失眠

驱散这种麻木的感觉，列车会把疑虑捎向远方

然后让太阳，继续在头顶高悬

苞谷烧

陈再雄

火焰进入喉咙

玉米的颗粒早已褪去

人间的果肉渐渐被平复

人心被抚摸

有的温顺

更多的是壮怀激烈

多余的愤怒被逐个溶解

在土碗里，我更想听到

我想听到的

人生的结石逐渐被驱散开来

一寸光阴兑一克酒精

这种比例显然没有契合度

只有酿酒师能驯服它们

并驾驭其中的奥秘

一口入喉，万物皆可相融

与之而来的化学反应

可以入诗，也可注入月光之中

口　信

潘　敏

一些口信已经古老，失传，
而渗出酒香的一些口信提神、年轻，
例如：小炒、老窖、钓了两条……
乃至那天一道，去贵州看看麯料。
贵州雨滋润的窖池还带有体温，
吊胃口的辞藻，一坛没有封口的春天，
正被鲜活的方言传递。

一片红高粱，一片麦子，
一片稻花丰硕的江南，捎去中国——
一片烟火气，一片最初的乡泥；
世俗间，酿一片柔肠百转：
一片风雪、脊梁；滋味、夜话、醉舞，
鲜衣怒马后的鼾声如雷，睡狮醒时
一杯贺兰山词。被陡峭矗起的火焰，
灼热万里歌喉，麦浪、谣曲。

纯净的山溪中，那些遗漏的酒花，

那些无声的手势，正沿着槐树抽长的方向扬起。

如此珍贵，总有雨天被追回的故知，

即使翻遍旧物，不再品嗫朴素的口音，

但心弦拨动时，张望的姿势不会被篡改。

梦里的故土酒香袅袅

邢海珍

在杯中，那是水的形态
那是江河风雨的塑形
水呀，无限悠远的水
可以燃成大火的水呀

我的爱，我的初心
在杯中涌动，在杯中燃烧
在水里我被洗礼
在火中我被点亮
记住那条河的名字

那水是四渡赤水的水呀
在杯中，那是源流
在心里，那是豪气
远望大西南的江山社稷
那是中国的酒

从麦子、高粱的深度里

我看到苍生国运的精神

爱的深处是醉

杯中的初心擎在我手中

附录

第六届贵州大曲杯·记忆里的味道
——"梦·初心"征文大赛获奖名单

特等奖：

《最初的过去》宋尾（宋伟）

《青林的距离》熊生庆

一等奖：

《吃食的味道》苏北（陈立新）

《出山记》欧阳国

《新疆味道》赵勤

二等奖：

《半生如茶》朱金贤

《茯砖茶：丝绸之路上的迷梦》陈思侠

《钱老五和他的闸头鱼馆》马蚁（张同远）

《山一程，水一程》淳本

《豆腐之味》罗霄山（罗昌隆）

《田野里的醇香》孙戈

《矮子清汤》萧遇何（肖飞）

《糖果里也有甜蜜的酒香》（组诗）昨夜枫雨（范学清）

《乡愁》（诗歌）雨林（张玉明）

《甜酒煮粑粑》安知（韦莎）

三等奖：

《青菜青》徐源

《发光的水》（诗歌）万世长

《湖底之眼》黄国跃

《点心、白馍和大米饭》杨军民

《醋炭石》杨恩智

《麻帐子，旧光阴》容芬

《集市之歌》耆子（钟立华）

《凤梨罐头》何昊

《百草汤》胡丁文

《岩头上的斑鸠树》刘宗勇

《风从很远的地方吹来》周小霞

《云边有碗米豆腐》邹弗（邹林超）

《老屋味道》潜鸟（成雨田）

《给城市的歌》白祎炜

《借宿沐阳村》班卜阿雨（班方智）

《饯别》吴之虞（吴雨桐）

《十字路口和臭豆腐》黄素雲

《不见燕归来》刘诚龙

《湖边的硬菜》韦有凯

《异域饮乡酿》崔笛扬（崔德扬）

《奢侈的寿衣》秦科

《悠游在高山上的鱼》杨跃清

《搅团》梅一梵（谢丽荣）

《故乡的桃儿》胡明琳

《彩英和她的厨房》阿獭（夏语檬）

《驱散这种麻木的感觉》（诗歌）张瀚卓

《苞谷烧》（诗歌）陈再雄

《口信》（诗歌）潘敏（潘立敏）

《梦里的故土酒香袅袅》（组诗）邢海珍

《酒是故乡情》赵素馥